JN043319

浪人若さま 新見左近
決定版【十三】

片腕の剣客

佐々木裕一

双葉文庫

目次

徳《とく》川《がわ》家《いえ》宣《のぶ》

江戸幕府第六代将軍
寛《かん》文《ぶん》二年（一六六二）〜正徳《しょうとく》二年（一七一二）

寛文二年（一六六二）四月、四代将軍徳川家綱《いえつな》の弟で、甲府《こうふ》藩主徳川綱重《つなしげ》の子として生まれる。綱重が正室を娶《めと》る前の誕生であったため、家臣新見正信《にいみまさのぶ》のもとで育てられる。

寛文十年（一六七〇）、九歳のときに認知され、綱重の嗣子《しし》となり、元服後、綱豊《つなとよ》と名乗る。延《えん》宝《ぽう》六年（一六七八）の父綱重の逝去《せいきょ》を受け、十七歳で甲府藩主となる。将軍家綱が亡くなった際には、世継ぎとして候補に名があがったが、将軍の座には、叔父《おじ》の綱吉《つなよし》が就《つ》いた。五代将軍綱吉も、嫡男《ちゃくなん》の早世《そうせい》や、長女鶴姫《つるひめ》の婿《むこ》である紀州《きしゅう》藩主徳川綱教《つなのり》の死去等で世継ぎに恵まれなかったため、宝永《ほうえい》元年（一七〇四）、綱豊が四十三歳のときに養嗣子となり、江戸城西ノ丸《にしのまる》に入り、名も家宣と改める。宝永六年（一七〇九）の綱吉の逝去にともない、四十八歳で第六代将軍に就任する。

将軍就任後は、生類憐《しょうるいあわれ》みの令をはじめとした、前政権で不評だった政策を次々と撤廃《てっぱい》。間部《まなべ》詮《あき》房《ふさ》を側用人《そばようにん》として重用し、新井白石《あらいはくせき》の案を採用するなど、困窮《こんきゅう》にあえぐ庶民のため、政治の刷新をはかり、万民に歓迎される。正徳二年（一七一二）、五十一歳で亡くなったため、治世《ちせい》は三年あまりとごく短いものであったが、徳川将軍十五代の中でも一、二を争う名君であったと評されている。

浪人若さま　新見左近　決定版【十三】

片腕の剣客

第一話　お琴《こと》の境地

一

　将軍綱吉《つなよし》による生類憐《しょうるいあわれ》みの令は続いていた。

　綱吉と母の桂昌院《けいしょういん》の寵愛《ちょうあい》を受ける隆光和尚《りゅうこうおしょう》のすすめで発布《はっぷ》されたもので、鳥を吹き矢で射殺《いころ》しただけで死罪になる者が出たりするなど、当初は江戸の町に混乱を起こした。

　そうまでして、綱吉は世継ぎを待ち望んでいるのだが、大奥では、未《いま》だに男児の産声《うぶごえ》はあがっていない。

　そのためか、貞享《じょうきょう》五年（一六八八）になると、三年前に、紀伊《きい》藩主徳川光貞《とくがわみつさだ》の嫡男綱教《ちゃくなんつなのり》に嫁《とつ》いだ一人娘の鶴姫《つるひめ》に対する溺愛《できあい》ぶりに拍車《はくしゃ》がかかり、綱吉は、鶴のご法度《はっと》を出した。

　鶴の字を名乗ることと、鶴の家紋を禁じたのだ。

この溺愛ぶりは、世間を驚かせた。

そして大名旗本のみならず、江戸の町でも、次期将軍は鶴姫の夫である綱教侯がなるのではないか、という憶測が飛ぶようになっていた。

そんな中、綱吉と共に次期将軍と噂《うわさ》され、江戸の民からも甲州《こうしゅう》様と呼ばれ慕《した》われていた甲府《こうふ》藩主の徳川綱豊《つなとよ》は、今日もこっそり根津《ねづ》の藩邸を抜け出し、新見《にいみ》左近《さこん》と名を変えて、浅草花川戸町《あさくさはなかわどちょう》の三島屋《みしまや》に来ていた。

愛するお琴《こと》が客の相手をする声を聞きながら、奥の部屋で横になり、呑気《のんき》にうとうとしている。

それから半刻《はんとき》（約一時間）後、昼から店を休むと言っていたお琴が、最後の客を送って店じまいをすると、左近のところへ来た。

「お待たせしました」

笑顔のお琴に応じて座った左近は、行こうか、と言って立ち上がった。

梅の花が咲いている浅草の千琳寺《せんりんじ》に、二人で行くことにしていたのだ。

近頃評判だとお琴が言うだけあって、千琳寺に行ってみると、大勢の見物客でにぎわっていた。

将軍家伝来の宝刀安綱《やすつな》を落とし差しにしなければ、鞘《さや》が人に当たってしまうほどの混み具合に、左近は閉口した。

一歩引いて歩いているお琴を気にした左近は、老婆とすれ違いざまにぶつかったのだが、咄嗟《とっさ》に手首をつかんだ。ぶつかった拍子《ひょうし》に、老婆が尻餅《しりもち》をつきそうになったのだ。

「すまぬ。よそ見をしていた」

すると老婆が、

「いい男だから許してさしあげますけどね、旦那。お連れさんが美人だからって、梅も見ずに後ろばかり見ていちゃ危ないですよう」

そう言って、歯の抜けた顔でにっこり笑うので、左近は顔が熱くなった。

互いに会釈《えしゃく》をして、左近はあたりを見回す。

「それにしても、すごい人だ」

左近にうなずいたお琴が、人に押されて左近にくっつき、恥じらった。

「多すぎますね。帰りましょうか」

「いや。せっかくなので、もう少し歩こう」

左近はお琴の手を引いて人の流れに入り、寺自慢の庭に向かう。

茅葺《かやぶ》きの山門《さんもん》を一歩入ると、そこには白梅《はくばい》の木が並んでいた。

人が混んでいたのは参道だけで、広い境内《けいだい》では、二人並んでゆったり歩くことができた。

寺の者がもてなす東屋《あずまや》に誘った左近は、お琴と並んで長床几《ながしょうぎ》に腰かけ、梅の花の香りを楽しみながら茶菓《さか》をとり、穏やかな時を過ごすことができた。

左近の胸の中には、お琴とこうして、藩邸の庭に咲く春の花を眺《なが》めたいという思いがある。

だが、政敵に敗れた父親が自ら命を絶《た》ち、家屋敷を失った幼《おさな》い頃の記憶から、武家に入るのを拒《こば》むお琴のことを想うと、側室になってほしいという言葉を出せずにいた。

梅の花を眺めているお琴の横顔が眩《まぶ》しい。

「そろそろ、帰ろうか」

お琴が優しい顔を向けて、はい、と言った。

寺を出て店に帰る途中、花川戸町のまんじゅう屋が看板を変えていた。

店の前で手代《てだい》に指図をしていたあるじが、お琴に気づいて声をかけた。

「よう、お琴ちゃん。今日は二人でお出かけかい」

そう言ったあるじは、左近に笑みを浮かべて会釈をした。

「鶴八《つるはち》さん、店の名を変えられるのですね」

鶴八が、しかめっ面《つら》の前で手をひらひらとやる。

「お琴ちゃん、その名を言っちゃだめだ。わたしは亀八《かめはち》、店の名も今日から亀屋《かめや》だよ」

「いけない。そうでした」

お琴はあやまった。

綱吉の触れで、あるじは名を亀八と改め、代々引き継いでいた店の名も、鶴屋《つるや》から亀屋に変えたのだ。

いいってことよと言った亀八が、腕組みをして看板を見上げた。

「今日から亀屋になっちまうが、今になって心配になってきたよ」

「何がです？」

訊《き》くお琴に、亀八は顔を向けた。

「鶴姫様を可愛がられて、今回のご法度だろう。公方《くぼう》様がこの先、亀を愛《め》でられないことを祈るよ」

すると、聞いていた周囲の者たちから笑い声があがった。

「ちげぇねぇや。公方様は、自分が好きな物はなんでもご法度にしたがるお人だからな」

「そうそう、お犬様の次はお鶴様ときたもんだ。このままじゃ、人様は一番下になっちまうぜ」

江戸の民に鬱憤《うつぷん》が溜《た》まっていることを知り、左近は皆に合わせて顔は笑っても、こころは笑えない。

その気持ちを察したのか、お琴が帰ろうという顔で袖《そで》を引いたので、左近は顎《あご》を引き、歩みを進めた。

この日、左近はお琴の家に泊まることにしていたので、久々に夕餉《ゆうげ》の食材を買うと言うお琴に付き合い出かけた。

魚屋に鰆《さわら》を届けるよう頼んでいるらしく、それに添える菜の花を求め、酒屋に寄って富士見酒《ふじみざけ》を手に入れてから、帰途についた。

生類憐みの令により、町に野良犬の姿はなく、家の軒先《のきさき》にいる猫も、首に紐《ひも》や鈴がつけられ、飼い猫であることを役人たちに知らせるようにしている。

首輪もつけず、痩《や》せた犬猫が家の周りにいるだけで、

「粗末な扱いをしている」

と、町役人《ちょうやくにん》に叱《しか》られるからだ。

肩がこる話だが、町の者はすっかり慣れたらしく、表情も明るい。

町の者が犬猫を可愛がる姿を見て、綱吉の政《まつりごと》は間違っていないのかもしれないと思った左近は、帰りの道端で、犬の頭をなでている娘の姿を微笑《ほほえ》ましく見ながら、お琴に顔を向けた。

「気のせいか、町にいる犬のほうも、以前にくらべ人に馴《な》れている気がする」

「ほんとうに。前は、邪魔だと言って蹴飛ばされる犬が多うございましたので、人を見ると逃げたり、吠《ほ》えかかったりしていましたから」

「猫などは、我が物顔だ」

軒下で腹を出して仰向《あおむ》けに寝そべる黒猫を指差すと、お琴が、まあまあと言って笑った。

犬猫のことで楽しく話しながら家に帰り、夜は権八《ごんぱち》とおよね夫婦を招いて食事をした。

鰆の塩焼きもさることながら、お琴が作ってくれた菜の花のおひたしが絶品だった。

左近は春の味を堪能《たんのう》しながら、すでに赤ら顔になっている権八に酒をすすめた。

酌《しゃく》を受けながら、権八が思い出したように言う。

「そういえば左近の旦那、文左衛門《ぶんざえもん》の旦那の話を知ってますかい」

「坂手《さかて》文左衛門殿か」

「ええ、そうですとも」

「何かあったのか」

「大ありですよ。大工の仕事を辞《や》められました。甲州様に切望されて、ご家来になったそうですよ。いや、驚いたのなんの」

「ほほう」

左近は、今初めて聞いたような態度で、お琴と目をちらりと合わせた。

「それはよかったな」

「ええ、まったくで。世の中ってのは、これだからおもしろいね。いつの間に知り合っていたんですかね」

「さあな」

「あっしはこう思うんですよ。甲州様といえば、将軍家に次ぐお家だ。大工の手伝いをしていた文左衛門の旦那が知り合うとなると、こいつは甲州様がこっそりお屋敷を抜け出して、このあたりを歩かれてたってことになる。違いますかい」

返された酌を受けつつ、左近が言う。

「まさか、そのようなことはあるまい」

「いいや、きっとそうですよ。でなきゃ、浪人の文左衛門の旦那が、雲の上のお人と知り合えるわけねぇでしょうよ」

「本人は、なんと申したのだ」

「そこです。甲府《こうふ》に旅立たれる前に来てくださったんで訊いてみたんですがね、これがどうにもはっきりおっしゃらねえんで。きっと甲州様が町を出歩かれていたんだって、大工仲間と話してたんですよ」

「さようか」

左近は他人《ひと》ごとのような返事をして、杯《さかずき》を口に運んだ。

するとおよねが、左近の顔をのぞき込んだ。

「もしかして、甲州様は左近の旦那だったりして」

左近は思わず、酒を噴き出した。のぞき込んでいたおよねの顔にかかったので慌《あわ》てた。

「すまぬ」

笑って顔を拭《ふ》くおよねに、権八が言う。

「おい、かかあ、いくらなんでもそりゃねぇや。左近の旦那が甲州様なわけねえ。

殿様ってのは、ずいぶんと偉そうだ。おれが今通っている神田《かんだ》の旗本屋敷の殿様は、家来を怒鳴りちらし、お女中などは、人扱いされちゃいない。ひどいもんだぜ。甲州様も、世間じゃ評判はいいが、広ぉいお屋敷の中じゃ、ふんぞり返っておられると思うぜ。ねえ、旦那」

「うむ？　うぅむ」

困り顔の左近を見て、お琴は気が気ではない様子だ。

およねが訊く。

「お前さん、お女中が人扱いされていないって、どういうことだい」

「その殿様はな、女中の顔を見りゃ怒鳴りちらすくせに、犬にはやたら優しい。女中の尻は棒っ切れで打つくせに、犬の尻はなで回す……そういうこった」

「お女中はお尻をなでられたくはないだろうけど、なんだか腹が立つね。でも甲州様は違うに決まっているよ。迷惑なご法度をなくしてくださるのは、甲州様しかいないって、町の連中は噂しているだろう」

「そりゃそうだが……おれが言いたいのは、左近の旦那が殿様じゃないってことだ」

「そんなのわかってるよう。冗談を真《ま》に受けて、酔っ払ってる証拠だね。さ、もう遅いから、お暇《いとま》するよ」

「おりゃあ、まだ飲める」

「飲めても帰るんだよ。まったく野暮《やぼ》なんだから」

「まだよいではないか」

左近が引き止めたが、およねはにっこりと笑い、

「あとはお二人でごゆっくり」

と言い、権八の耳を引いて帰っていった。

二

翌朝、お琴は一旦藩邸に戻ると言った左近を送り出して、およねといつものように店を開けていた。

今日も客の入りはよく、店はたちまちにぎやかになった。

昼前になって、客足が一段落した時、

「ごめんください」

と、聞き覚えのある声が表でしたので、巾着《きんちゃく》を畳《たた》んでいたお琴が顔を向けて、ぱっと明るい表情を浮かべた。

店の戸口に立っていたのは、京橋《きょうばし》にある小間物問屋、中屋仁右衛門《なかやにえもん》の女房だ。

「百合《ゆり》さん、来てくださったのですね」

喜ぶお琴に、百合は紅《べに》をさした唇《くちびる》に笑みを浮かべた。

三十路《みそじ》の大人の色香《いろか》があり、洗練された着物や持ち物に負けない顔立ちは、若い女のみならず、着こなしに気を使う女たちから羨望《せんぼう》の眼差しを向けられる。

お琴は半年前に、品物の仕入れ先として紹介され、百合と出会った。

女将《おかみ》として中屋のことを仕切るやり手で、商売人としても尊敬する人物だ。

突然のことでお琴は驚いたが、嬉しく思い、奥の部屋へ誘ったのだが、百合は、見せてもらうわね、と言って、店に並べた品を見て回った。

「やっぱり、あたしの思ったとおりだ」

そう言った百合は、お琴を板の間に促《うなが》して座らせると、話を切り出した。

「お琴ちゃん、京でお店をしてみない？」

「えっ」

「お琴ちゃんは江戸にいる人じゃないと思うの。侍ばかりが威張《いば》る殺伐《さつばつ》とした江戸より、雅《みやび》な京へのぼって、自分の力を伸ばすべきよ。お琴ちゃんなら、きっと今よりいい仕事ができるわ」

「………」

「お願いだから、あたしと一緒に、京へ行ってちょうだい」

「おかみさんも京へ行かれるのですか」

「ええ。京にも店を出そうということになったの。初めはあたしが切り回すつもりでいたんだけど、ずっと江戸を離れるわけにはいかないでしょ。だから、お店をまかせられる人を探すことになったの。その時、一番にお琴ちゃんの顔が浮かんだのよ。引き受けてくれないかしら。お琴ちゃんなら、京の人にも受け入れられるわよ」

およねが口を挟んだ。

「それはつまり、中屋さんが京に出されるお店を、おかみさんが切り回すってことですか」

「ええ、そうよ。京の店の女将になってほしいの。お給金は、月に十五両。今と同じように商売がしたいなら、問屋だけでなく、小売りをしてもらっても構わないのよ。もちろん、そちらの売り上げには、いっさい口出ししないわ」

中屋といえば名の知れた大店《おおだな》だ。破格とも言える条件に、およねは目を白黒させている。

だが、お琴のこころははずんでいなかった。

「せっかくですが、京へ行く気はございません」

「どうして？　埃《ほこり》っぽくて、汗臭《あせくさ》い男が多い江戸にくらべて、京はいいわよ。町を歩く人は品があるし、女の人も垢抜《あかぬ》けているから、お琴ちゃんが揃《そろ》える品物は、きっと喜ばれると思う。思い切って行きましょうよ」

だが、お琴は誘いに乗らない。

するとと、百合の顔から笑みが消え、およねをちらりと見た。

「この人のことを気にしているの？」

「いいえ、行く気になれないのです」

「わかった、男ね。男がいるから行かないのね？」

「…………」

口ごもるお琴に、百合は、図星かと言い、ため息をついた。

「相手は何をしている人なの」

左近のことを言えるはずもなく、

「お武家です」

とだけ教えた。

武家と聞いて、百合は驚いた。

「それじゃ、いずれお屋敷に入るの？」

「いえ、それはないと思います」

するとおよねが口を挟んだ。

「おかみさん、あきらめてはいけませんよ。左近様はきっと、お嫁にしてくださいますから」

お琴は笑みを浮かべて、首を横に振る。

「いいのよ、このままで」

「またそのような弱気なことを言って」

悲しそうな顔をするおよねを見た百合が、お琴に言う。

「結ばれるかどうかもわからない相手を待って、ここで一生を終えるつもり？」

「それでもいいかと思っています。せっかくのお話ですけど、京へ行く気はございません」

「そう」

きっぱりと言うお琴に、百合は呆《あき》れ気味だ。

「惜しいわね。お琴ちゃんなら、もっといい商《あきな》いができると思ったのに」

お琴は申しわけなさそうに頭を下げた。

百合は棚《たな》に置いてある櫛《くし》に目をとめて、手に取った。

これもいい、あれもいい、と言いながら、簪《かんざし》や巾着を品定めすると、お琴のところに戻った。

「今日のところは帰るけど、あたし、やっぱりあきらめられないわ。また来るから、もう一度よく考えておいてちょうだい」

百合はそう言って、帰っていった。

見送って戻ったお琴は、急な話で驚いたと言って笑い、並べる途中だった巾着を取って美しく見えるように整えている。

途中で手を止め、物思いにふけるお琴の様子に、およねは首をかしげた。

そんなことがあったとは夢にも思わない左近は、夕刻が近づく頃に三島屋に戻り、奥の部屋に入った。

襖《ふすま》が開けられたのは、座って間もなくのことだ。およねが顔に焦《あせ》りの色を浮かべているので、左近は訊く顔を向けた。

「いかがした」

「いかがしたではないですよう」

　およねは店にいるお琴の様子をうかがって襖を閉め、左近の前に座った。

　百合が京に行く誘いを持ってきたことを聞かされた左近は、思いもよらぬ話に困惑した。

「そのようなことがあったのか」

「おかみさんは、口ではなんでもないようなことを言ってますけどね、時々、何かを考えておいでですよ。早くお嫁にしないと、中屋のおかみさんに取られてしまいますよ。京に行かれてもいいんですか」

「……………」

　左近は返事ができなかった。

「もう、じれったいんだから」

　気を揉《も》んだおよねが苛立《いらだ》ちの声をあげた時、襖が開いた。

　お琴が茶菓を載せた折敷《おしき》を持って入り、二人の様子に気づいて不思議そうな顔をする。

「どうかしたのですか？」

「およね殿から、中屋の女将の話を聞いた。京へ行きたいのか」

はっきり訊くと、お琴は驚いた顔をしたが、それは一瞬のことで、すぐに笑みを浮かべた。

「そのようなこと、微塵《みじん》も思っていません。およねさん、そう言ったでしょう」

「でもおかみさん、あたしだったら、亭主を置いてでも行きますよ。それほどにいい話だもの」

「わたしは、江戸を離れる気はありません」

「ほんとうに？」

「ええ」

笑みでうなずくお琴に、およねは安堵《あんど》した。

「左近様、そうですって。よかったですね」

「うむ？　ああ……」

左近はお琴をちらりと見て、およねに向けて笑みを浮かべた。

およねは、よかったと何度も言いながら店に戻った。

二人きりになると、左近はお琴に眼差しを向けた。

お琴がそばに座った。

「そのような顔をなさらないでください。決して行きませんから」

「寂しいと顔に書いてあったか」

「はい。はっきりと」

「お琴には敵《かな》わぬな」

左近が笑みで言うと、お琴がそっと手を重ねてきたので、にぎり返した。

「お琴」

「はい」

左近は、意を決して口にした。

「根津の藩邸に、入ってくれないか」

「…………」

お琴は、首を横に振った。

「わたしは、今のままで幸せなのです」

「それはわかっている。わかっているが、共に暮らしたいのだ」

「わたしは武家にはなりません。どうか、このままでいさせてください。ここで、左近様をお待ちします」

「どうしても、だめか」

「申しわけございません」

「いや、気持ちをわかっていながら、訊いたおれが悪かった。許してくれ」

お琴は首を横に振り、身を寄せた。

二人並んで座り、何を話すでもなく庭を見ている。この静かな時が、二人とも好きだった。

「年寄りになっても、こうして過ごしたいものだ」

「はい」

お琴は左近の肩に顔を寄せて、幸せそうな息を吐いた。

「そろそろ店に戻ります。今夜は、お泊まりになられるのですか」

「うむ」

「嬉しい」

そう言って立ち上がり、左近を残して店に戻ろうとした時、表が急に騒がしくなった。

「左近様！　左近様！」

およねの切迫した声に、左近はお琴と顔を見合わせて立ち上がると、店に出た。

すると、店の戸口にいるおよねが、早くと言って手招きする。

「いかがいたしたのだ」

店から出てみると、すぐ近くの履物屋《はきものや》の前で、通りに引きずり出されたあるじ夫婦が、公儀の役人らしき者たちに咎《とが》められ、縄をかけられている。

左近の近くにいる野次馬から、御先手組《おさきてぐみ》だ、という声がした。

与力《よりき》と思《おぼ》しき侍が、厳しい声であるじを責め立てたのは、その時だ。

どうやら、犬を粗末に扱ったらしい。どうして助けなかった、と大声で叱っている。

およねが左近に小声で教えた。

「今朝方、履物屋の前でお犬様が死んでいたんですよ」

「それで、助けなかったと咎めているのか」

「そうですよう。峰吉《みねきち》さんとおたけさんは、ねんごろに葬《ほうむ》ってやったんですよ。それなのに捕まえるなんて、お上はどうかしていますよ」

「お助けを！」

あるじの峰吉が、犬がいることを知らなかったと言って、必死に許しを乞《こ》うている。

傍《かたわ》らにいる女房のおたけは、泣きながら訴えた。

「気づいた時には死んでいたんです。助けようがないじゃありませんか」

「ええい、黙れ！」

聞く耳を持たぬ与力が、馬の鞭《むち》でおたけを打った。

悲鳴をあげた女房をかばって、峰吉が与力に食ってかかる。

「何しやがる！」

「貴様、手向かうか！」

与力が顔を鞭で打ち、峰吉の頬《ほお》が切れた。

悲鳴をあげる姿を見かねた左近が止めに入ろうとしたのだが、袖を引かれた。

振り向くと小五郎《こごろう》がいて、小声で言う。

「犬のことで咎められる者を助けるのは、上様に逆らうことになります」

それでも左近は助けようとしたのだが、野次馬のささやきに、足が止まった。

「あれは、仁左《じんざ》一家のいやがらせだぜ」

「そうに違いない」

「これで二軒目だ。厄介《やっかい》なことになっちまったな」

左近が声のするほうを見ると、近くの店の手代たちが気づいて、顔を背《そむ》けて立ち去った。

「歩け！」

役人の声に眼差しを向けると、履物屋の夫婦が、左近の目の前で連れていかれた。

その様子を、やくざ風の男たちがほくそ笑んで見ているのに気づいた左近は、手代たちが言っていたことが気になり、三人の男を見ていた。

すると、その中の一人が左近と目が合い、腕組みを解いた。挑《いど》みかかるような態度の男は、恐れを知らぬ者の目つきをしている。

厳しい眼差しを向ける左近の気迫に押されたのか、目をそらした男は、おい、と言って仲間の肩をたたき、その場から去った。

小五郎の店に行った左近は、奥の床几に座った。食事の途中だった客が戻ってきたので、声を潜《ひそ》めて訊く。

「仁左とは、何者だ」

すると小五郎が、煮物を器《うつわ》に入れてかいがいに持っていかせると、客の様子を見ながら言う。

「ついひと月ほど前から、このあたりは仁左一家の島《しま》になったと触れ回っております。時を同じくして、地元のやくざが姿を消したようです」

「争いに敗れ、町から追い出されたか」

「店の客のあいだでは、地元やくざの親分と子分たちは、大川《おおかわ》に沈められているという噂になっております」

「それは穏やかではないな。先ほどの履物屋のあるじは、前の親分と親しくしていた者か」

「いえ、あれは、見せしめです」

「どういうことだ」

「用心棒代を拒んだ店に犬の死骸を置き、御先手組に通報していると思われます。奴らの仕業《しわざ》だという証《あかし》はございませんが、一家が来てからこれで二軒目ですので、間違いないかと」

「ここへも来たか」

「まだですが、くれば金を払うつもりです」

「それがよかろう。先手組の動きが気になる。仁左一家との繫《つな》がりを調べてくれ」

「かしこまりました」

三島屋にも来るかもしれぬと思った左近は、お琴のもとへ急いだ。

三

翌日、左近が懸念《けねん》したとおりに、人相の悪い男たちが三鳥屋にやってきた。

町人髷《ちょうにんまげ》を斜めにして、黒地に赤い般若《はんにゃ》の顔を染め抜いた単《ひとえ》を着崩した三十代の男が、三人の子分を従えて店に入り、客を押しのけてずかずかと奥に進んだ。

板の間の上《あ》がり框《かまち》に腰かけて右足を左膝《ひだりひざ》に乗せると、およねに不敵な笑みを向ける。

「おれは仁左一家で若頭《わかがしら》をしている寅治《とらじ》ってもんだ。女将はいるかい」

「…………」

額《ひたい》から右の頬にかけて傷跡があり、目つきに凄《すご》みがあるやくざ者に、さすがのおよねも青い顔をしている。

「若頭が訊いておられるんだ。答えねえかい」

若い子分が声を荒らげたので、女の客たちは怯《おび》えて、およねから離れた。

気にしたおよねが、

「大丈夫ですよ」

と言い、店の戸口に促す。

騒ぎを聞いたお琴が、帳場の奥の部屋から出てきた。

「何ごとですか」

板の間に正座するお琴の声に振り向いた寅治が、舐《な》めるようにお琴を見て薄い笑みを浮かべる。

「女将はお前さんかい」

「はい」

「子分が美人だと言うからどんなものかと拝《おが》みに来たが、なるほど、こいつはたいしたもんだ」

「ご用がそれだけなら、お引き取りください。他のお客様にご迷惑です」

女の客たちは戸口に集まり、心配そうに見ている。

つっけんどんに言うお琴に、寅治は鼻先で笑う。

「そう怒るな。これから長い付き合いになるんだ。これだけ繁盛《はんじよう》していると、何かと厄介なこともあるだろう。今日からおれたちが守ってやるから、月に二両ほど、用心棒代を出してくれ」

「お断りします」

お琴の毅然《きぜん》とした態度に、寅治の顔が険しくなる。

「よぉく考えたほうがいいぜ」

「あなた方の助けなど必要ありませんので、お帰りください」

「おう、お前ら」

寅治が顎を振るや、応じた子分たちが客に歩み寄り、睨《にら》みを利かせた。

やくざ者を恐れた女たちは悲鳴をあげて、店から出ていった。

寅治がお琴に言う。

「この先、子分たちのように質《たち》の悪い客がいやがらせに来ることもあるぜ。そういう時に、おれたちが助けてやる。今は荒っぽい真似《まね》をしたが、用心棒代を払ってくれるなら、二度と客に迷惑はかけねぇ。女将も、安心して商売が続けられるってわけだ」

「これまで何ごともなくやってきましたので、どうぞお構いなく」

「悪いことは言わねぇから、用心棒代を出しな。安心して商売ができるんだから、二両なんざ、安いもんだろう」

居座る寅治に、お琴は困り顔だ。

「用心棒ならば、ここにおるぞ」

声と同時に左近が店に出ると、寅治が鋭い眼差しを向けて立ち上がった。

「ここは仁左一家の縄張りだ。勝手に用心棒をすることは許さねぇ」

「新参者はお前たちだ。去れ」

「そうはいかねぇな。片をつけてやるから表に出ろ」

「よかろう」

案じるお琴に顎を引いた左近は、宝刀安綱を腰に帯《お》びて、店の表に出た。

先に出ていた寅治が、

「ここは人が多い。ちょいと面《つら》を貸せ」

と言って先に歩むので、左近はあとに続いた。

向かったのは、人気《ひとけ》のない浅草蔵前《くらまえ》の馬場だ。

花川戸町からさほど離れていない場所にあるのだが、ここに来るまでの短いあいだに、やくざ者が五人ほど増えていた。

広い馬場を囲む柵《さく》の切れ間から中に忍び込んだ寅治たちは、左近が入るなり取り囲んだ。

皆、懐《ふところ》から匕首《あいくち》を抜き、殺気を放っている。

寅治が勝ち誇《ほこ》った顔で言う。

「一人で九人を相手にしたんじゃ勝てねぇぜ。おとなしく身を引くなら無傷で帰してやるが、どうだ」

「その言葉、そっくりそのまま返す」

左近は、鯉口《こいぐち》を切った。

「いい度胸だ。やっちまえ！」

寅治の声と共に、子分たちが殺到してきた。

背後に迫る殺気を感じつつ、左近が前に出る。

正面の子分の手首を抜刀術《ばっとうじゅつ》で浅く斬り、横から匕首を突き出した子分の一撃をかわし、柄《つか》で背中を打った。

「うわっ」

激痛に呻《うめ》き声をあげた子分が地面に両膝をつき、苦痛に顔を歪《ゆが》めている。

「野郎！」

背後から突いてきた子分を見もせずに、身を転じて刃《やいば》をかわした左近は、背中を峰《みね》打《う》ちにした。

「うっ」

雷《かみなり》に打たれたように身体をのけ反《ぞ》らせた子分が、激痛に身悶《みもだ》えている。

左近は安綱の峰を返して右手に提《さ》げ、寅治に鋭い眼差しを向けた。

「寄らば斬る」

凄《すさ》まじい剣気に、子分たちは動けなくなり、じりじりと離れた。

寅治も匕首をにぎったまま動けなくなっていたが、やくざの意地を見せようと、柄《え》に唾《つば》を吐き、にぎりなおした。

左近を恐れず襲いかかろうとした時、

「そこで何をしておる！」

馬場を守っている役人が遠くで叫び、こちらに向かってきた。

寅治が左近を睨む。

「野郎、このままじゃすまさねぇからな。おう！　帰《け》ぇるぞ」

そう言ってきびすを返し、子分を連れて逃げていった。

捕まれば厄介なので、左近も馬場から立ち去った。

花川戸町に帰ると、店の前にお琴とおよねがいて、心配そうな顔で通りを見ていたのだが、およねが左近を見つけて、お琴の手を引いてきた。

「左近様、あいつらは？」

「追い返してやったぞ」

「さすがは左近様。あたしはちっとも心配していませんでしたよ。怪我《けが》もしてないんでしょ」

「うむ」

「おかみさん、言ったとおりでしょ」

「ええ」

　笑みでうなずいたお琴だが、浮かぬ顔をしていた。

　察した左近が言う。

「心配いたすな。今日からしばらく泊まり、連中に悪さはさせぬ」

　それなら安心だと言うおよねにうなずいた左近は、お琴を促して店に入った。

　この日も次の日も、仁左一家の者は花川戸町に姿を見せなかったので、およねは、左近様がいるから恐れて来ないのだと言って安心していたのだが、三日目の朝に、異変が起きた。

　早くから店の戸を激しくたたく音がしたので、左近が潜《くぐ》り戸《ど》越しに誰かと問うと、

「御先手組だ。ここを開けよ！」

　荒々しい声が返った。

　戸を開けて外に出た左近に、役人たちが寄り棒を向ける。

先日、履物屋の峰吉とおたけ夫婦を捕らえていった与力が、左近に厳しい声をあげた。

「これを見よ！」

馬の鞭で指し示すのは、三島屋の軒先に横たわる赤犬だ。口から舌を出した犬は、死んでいた。外傷がないので、行き倒れたように見える。

左近は与力に、厳しい眼差しを向けた。

「これがいかがいたしたのだ」

「三島屋の者が介抱《かいほう》せぬから犬が死んでしまったのは、一目瞭然《いちもくりょうぜん》。放置の罪で、貴様と女あるじを捕らえる。神妙にいたせ」

「捕らえる相手を間違っておるぞ」

「何」

「見てのとおり、ここは誰もが行き来する天下の往来だ。そこで行き倒れた犬を放置したと申すなら、咎められるべきは三島屋の者ではなく、この道の持ち主ではないのか」

与力の顔が引きつった。

「貴様、ご公儀のせいだと申すか」

「他に誰がおる」

「たわけ！　軒先で起きたことは、家の者の責任だ！」

「いいや、道は家主の物ではない。咎めるべきは、道の持ち主だ」

「おのれ」

与力は左近を捕らえようとしたが、騒ぎを聞いて集まっていた野次馬たちから左近の言うことが正しいという声があがり、御先手組を悪く言う声がさざ波のように広がった。

与力の言うことが正しければ、皆引っ込んでいただろう。

だが、道は天下の往来だと言う左近の言葉は、もっともなことだ。与力のほうが引き下がるしかない。

悔しげな顔をした与力は、

「戻るぞ！」

大声で命じてきびすを返した。

役人たちがぞろぞろと帰っていくと、野次馬の中から出てきた小五郎が左近に顎を引き、犬の死骸を持ち去った。

その小五郎が屋根に小石を投げて合図をよこしたのは、昼前のことだった。

浅草寺《せんそうじ》に足を運んだ左近が、人気《ひとけ》のない裏手に回ると、物陰から小五郎が現れた。

「犬は毒を盛られておりました」

「やはりそうか」

「履物屋も、同じ手口で罠《わな》に嵌《は》められたかと思われます」

「では、御先手組と仁左一家が繫がっているということか」

「かえでが与力のあとを追い、屋敷を突き止めております」

「して、誰の屋敷であった」

「曽我光義《そがみつよし》殿です」

「聞かぬ名だな」

「三月《みつき》ほど前に弓組頭《ゆみぐみがしら》に抜擢《ばってき》された者ですが、千五百石にしては多額の賄賂《わいろ》を使い、よくない噂もあるそうです。これは、間部《まなべ》殿からの報告です」

「そうか。その金は、仁左一家から出ているのかもしれぬ。繫がりを調べてくれ」

「かしこまりました」

左近は小五郎と別れて、三島屋の裏から中に入り、部屋で読み物をはじめた。

程なくお琴が茶を持ってきたので、左近は湯吞《ゆの》みを受け取り、口に運んだ。

そばに座ったお琴が、犬のことを訊いた。

「わたしが用心棒代を出さなかったせいで、仁左一家に殺されてしまったのでしようか」

「悪いのは仁左一家の連中だ。そなたのせいではない」

「でも、可哀そうなことをしました」

左近は、ほろりと涙を流すお琴の手をにぎり、力を込める。

「自分を責めてはならぬ。仁左一家の背後には、御先手組が関わっているかもしれぬ。お琴が素直に応じていれば、次は他の店の者が狙われたのだ。犬は可哀そうだが、人様は助かったのだから、気に病《や》むな」

「はい」

「あの者たちがこのまま引き下がるとは思えぬ。何か仕掛けてくるやもしれぬので、一人で外へ出ぬようにしてくれ」

「わかりました」

お琴は涙を拭《ぬぐ》い、店に戻った。

左近は他の店のことが気になり、花川戸町の様子を見に外へ出た。

通りを歩み、やくざ者がいないか目を配りながら歩んでみたのだが、今朝のことで用心しているのか、怪《あや》しい者たちの影はなかった。

日暮れ時まで町に目を光らせた左近は、明日また見廻りをすることにして、お琴の店に戻った。

仕事から帰った権八を招いて夕餉をとっている時、およねから犬と御先手組のことを聞かされた権八が、へへえと言って、左近に感心した。

「さすがは左近の旦那だ。前の通りを天下の往来だと言って、泣く子も黙る御先手組を追い返すとは。偉そうな役人の悔しがる顔、見たかったなぁ」

そう言って酒をすすめるので、左近は受けた。

およねが訊く。

「引き下がったということは、履物屋の峰吉さんとおたけさんは、無実ってことだよね」

「確かにそうだな」

うなずいた権八が、手酌《てじゃく》をしながら左近に訊く。

「旦那、捕まった人たちを返してもらうには、どうすればいいと思います。相手は御先手組だ。あっしらが談判《だんぱん》に行けば、首がいくつあっても足りませんからね」

「ここは、町名主《まちなぬし》に頼むしかあるまい」

　すると権八が、手をひらひらとやった。

「ありゃだめだ。峰吉さんとおたけさんが連れていかれるのを、指をくわえて見ているどころか、お犬様になんてことするんだ、なんて叱っていましたからね。聞く耳を持っちゃいませんぜ」

「それじゃお前さん、他に頼める人がいないよ」

　およねに言われて、権八は左近を見つめた。

「左近の旦那、他にいませんかね」

　曽我を調べるつもりでいる左近は、知り合いの旗本がいるので、頼んでみようと言ってごまかした。

　仁左一家とぐるになっているなら、咎められるべきは曽我と、犬を毒殺した仁左だ。

「頼んでいただけますかい」

　権八が念を押すので、左近はうなずく。

「時はかかるかもしれぬが、きっと戻してもらえるはずだ」

　権八は安堵した。

「よかった。これで履物にも困らねぇや」

およねが呆れた。

「ちょいとお前さん、峰吉さん夫婦のことより仕事履きのことを心配しているのかい、どっちなんだい」

「決まってらぁな、両方だ。峰吉さんが作る履物じゃねぇと、屋根で滑って仕事にならねぇんだ。朝出かける時、店が閉まっていると、寂しくていけねぇや」

「その気持ちわかるよ。ねえ、おかみさん」

振られたお琴がうなずいた。

「ええ、そうね。牢屋で辛《つら》い目に遭《あ》わされてなければいいけど」

するとおよねが、左近に手を合わせた。

「左近様、皆さんを助けてやってください。お願いします」

「わかった。そのように頼んでみる」

左近は一度お琴と目を合わせて、およねに眼差しを向けると、心配するなと微笑んでうなずいた。

四

翌朝店を出た左近は、町を回ってやくざ者を警戒した。

花川戸町から北へ向かい、山谷堀《さんやぼり》に架かる今戸橋《いまどばし》のあたりまで行ってみたが、やくざに因縁《いんねん》をつけられている店はなく、御先手組の姿もなかった。

今戸橋の袂《たもと》で引き返した左近は、道を変えて浅草寺まで行き、門前の広小路《ひろこうじ》も見廻ったが、怪しい輩《やから》はいない。

いつものにぎわいを見せる浅草の様子に安堵した左近は、花川戸町の通りまで戻った。北へ向かう人の流れに沿って歩んでいる時、三島屋の店先の異様さに気づき、歩を速めた。

人相の悪い男たちが集まり、三島屋の前で瀬戸物《せともの》の露店を開いている。

大声で客を呼んでいるやくざ風の男が、三島屋に買い物に来た若い女の腕を引っ張った。

「お嬢さん、今日はいい器があるから、買っていきな。損はさせねぇよ」

強面《こわもて》の男たちに睨まれて身を縮めた女は、手を離して逃げ帰った。

舌打ちをした男が、別の若い女に目をとめて歩み寄ったので、悲鳴をあげて逃げていく。

男たちは笑い、女たちが怖がるのを楽しんでいるようだ。

左近はその者たちを横目に裏に回り、お琴の家に帰った。

すると、およねが気づいて、奥の部屋へ来た。困り果てた顔をしている。

「左近様、表の連中を見ましたか」

「うむ」

「なんとかしてくださいな。半刻前に突然来て、勝手に商売をはじめちまったんです。あの調子じゃお客さんが近寄ることもできないから、商売になりませんよ」

「仁左一家の者か」

「そうです。さっき若頭が様子を見に来て、指図していましたから」

うなずいた左近は、店に出た。

帳場にいたお琴が、苦笑いをした。

「今日はゆっくりできそうです。今、お茶を淹《い》れますね」

「よい。あの者たちと話をしてくる」

戸口に向かおうとしたのだが、お琴が止めた。

「このようなことで、左近様にご迷惑はかけられません。このままで大丈夫です」

左近の正体を知るお琴は、遠慮しているのだ。

そう感じた左近は、手を引いて止めるお琴に笑みを浮かべた。

「水臭いことを申すな。あの者たちがいたのでは、お琴の品物を求めに来る客のためにもなるまい」

戸惑うお琴に顎を引いた左近は、外へ行こうとしたのだが、

「どうか、このままで」

お琴は、手を離さなかった。

気を揉みながら外を見ていたおよねが、急に声をあげた。

「八丁堀《はっちょうぼり》の旦那だ。ちょうどよかった、追い払ってもらいましょう」

そう言って外に出ると、やくざたちに迷惑そうなしかめっ面をして、黒羽織《くろばおり》の背中を追っていった。

「ちょいと、八丁堀の旦那、待っておくんなさいまし」

およねの声に、若い同心《どうしん》が立ち止まって振り向いた。

近頃、このあたりの係になったばかりの、北町《きたまち》奉行所の同心だ。

「おお、確か三島屋のおよねだったな。いかがした」

「いかがしたじゃないですよう。店の前の連中を見ていながら素通りするなんて、薄情じゃないですか」

「うむ?」

若い同心は三島屋の店先を見て、瀬戸物売りがどうした、と言った。

「見てわかるでしょ。おかみさんが用心棒代を払わないとおっしゃったから、やくざもんがああやって店の前に陣取《じんど》って、いやがらせをしているんです。怖いからお客さんが近寄れないんですよ。商売上がったりだから、追っ払ってください」

するると、同心の供をしていた岡《おか》っ引《ぴ》きが、自分が追っ払ってやると言い、十手《じって》を出してやくざたちに歩み寄った。

「おい、お前ら、人の店先で商売をしたら迷惑だろう。空いた場所へ行け」

すると、体格がいい若い衆が、岡っ引きに愛想《あいそ》のいい顔を向けて言う。

「親分さん、ここは天下の往来ですぜ。他人様《ひとさま》が行き来する邪魔はしていませんから、他に移れなどと、ご無体《むたい》なことをおっしゃるのはよしてくださいよ」

「そう言うがな……」

「まあまあまあ」

すり寄るようにして、岡っ引きの袖に銭をねじ込んだ。

「あっしらも商売をしていますんで、お願いしますよ」

「ううむ」

袖を確かめた岡っ引きが、同心に困り顔を向ける。

「こいつらの言うことも、もっともなことですぜ。どうしやす」

岡っ引きの背後から、やくざたちが凄みのある眼差しを向け、すぐに笑みを浮かべた。

「旦那、真面目にやってますんで、商売の邪魔はおよしになっておくんなさい。でなきゃ、あっしらは今日の飯にありつけなくなりますんで、悪さをすることになりますぜ」

「貴様、同心のわたしを脅《おど》すか」

「脅しなんてとんでもねぇ。せっかくありつけたまともな商売を、やめたくねぇだけですよ」

やくざたちが、挑むような口調になった。

今にも匕首を抜きそうな不穏《ふおん》な気配を察した岡っ引きが、同心に小声で言う。

「こいつら、仁左一家の者です。へそを曲げられると厄介ですぜ」

「う、うむ」

仁左一家と聞いて、若い同心は青い顔をした。

焦ったおよねが、

「旦那、しっかりしてくださいよ」

と、尻をたたかんばかりに言った。

だが、同心と岡っ引きは、すっかり弱腰になっている。

「確かに、あの者たちの言うとおりだ。見たところ店の戸口を塞《ふさ》いではおらぬので、ここで商売をするのは問題ない」

同心はそう言って、そそくさと立ち去ってしまった。

やくざたちがほくそ笑み、およねに言う。

「ここは天下の往来だ。そうだろう」

仁左一家は、左近が御先手組の与力を追い返した手を、逆手に取ってきたのだ。

やくざたちは、次の日もその次の日もやってきて、お琴の商売の邪魔をした。

そのせいで、三日のあいだ客は一人も来なかったが、お琴はそれでも毎日店を開けている。

案じて泊まり込んでいた左近は、今日も奥の部屋に座り、日がな一日読み物をして過ごしていた。

お琴が左近に茶を持ってきた時、およねがあとを追うように入ってきた。

「おかみさん、このままでは店が潰れてしまいます。左近様に追い払ってもらいましょうよ」

茶菓を左近の前に置いたお琴は、折敷を抱えて、およねに笑みを向けた。

「放っておくのが一番よ。そのうちあきらめて帰るから、それまでの辛抱《しんぼう》よ。大丈夫だから、そんな顔しないで」

心配そうな顔をしていたおよねは、助けを求める眼差しを左近に向けた。

お琴が拒む以上、左近は動けない。

素知らぬ顔で湯呑みを取り、茶をすすった。

庭に小五郎が入ってきたのは、その時だ。

「勝手に入らせてもらいましたよ」

小五郎は、お琴を気遣《きづか》う隣の煮売り屋の体《てい》で言う。

「表の連中のことで、うちのが心配していましてね。何かいい手はないものかと二人で考えていたんですが、先ほど妙案を思いついたので来ました」

およねが廊下に飛んできた。

「どんな手ですか」

小五郎は前垂れの前で両手をにぎって、控えめな態度で言う。

「明日から、やくざ者が陣取っている場所で串田楽《くしでんがく》を売ったらどうかと、うちのが言いましてね。そいつはいい考えだと思い、ご相談に上がりました。どうでしょう。売らせていただけませんか」

およねが手を打ち鳴らした。

「それよそれ、妙案だわ。先に陣取ってしまえば、あいつらに邪魔されないですむわ。ねえ、おかみさん」

お琴は左近と目を合わせた。

左近が顎を引き、小五郎に顔を向ける。

「大将、すまぬがそうしてくれるか」

「はい」

お琴が廊下に出て三《み》つ指《ゆび》をついた。

「お手間を取らせて、申しわけございません」

「なんの、お安いご用です。では支度にかかりますんで、これで」

小五郎は笑みで言い、帰っていった。

およねは喜び、明日の商売に備えると言って店に戻ったのだが、お琴はまだ浮かぬ顔をしている。

「いかがした」

「小五郎さんとかえでさんに、ご迷惑をおかけしてしまいました」

「二人は、そなたのことを守るために煮売り屋をしておるのだ。遠慮はいらぬ」

「あきらめてくれるのは嬉しいことですが……他のお店が狙われたりしないでしょうか」

「案ずるな。仁左一家の思うようにはさせぬ」

左近の言葉に、お琴は笑みを取り戻して、およねを手伝うと言って店に戻っていった。

百合が町駕籠《まちかご》を店の前に横付けしたのは、日が西に傾《かたむ》きはじめた頃だ。

仁左一家の者が威嚇《いかく》したが、百合が連れている手代は武芸の心得があるらしく、やくざ者の脅しに怯えることなく、百合から遠ざけた。

やくざたちを澄《す》ました顔で一瞥《いちべつ》した百合は、訪《おとな》いを入れて店に入り、棚に櫛を並べていたお琴に笑みを見せると、板の間の奥にある居間に、厳しい眼差しを向けた。

「あの人が、お琴ちゃんの好いたお人なの」

お琴は左近を気にしながらも、はいと答える。

左近は正座して、読み物をしている。

この時左近は、百合が来たことに気づいていたが、書物から目を転じなかった。

百合のことを、ただの客だと思っていたのだ。

気を使ったおよねが、それとなく襖を閉めたので、左近は眼差しを向けたが、気にすることなく読み物を続けた。

店では百合が表を気にして、お琴にいたわるような声をかける。

「ひどいいやがらせをされていると聞いて、心配で来たのよ。仁左一家に目をつけられたそうね」

「はい」

「京橋にも、仁左一家の悪い噂は届いているわ。いっそのことお店を畳んで、こんな町から出たらどう。渋谷《しぶや》に別宅があるから、京に行くまでそこにいなさいよ」

強引な百合に、お琴は戸惑った。

「行くとは言っていませんよ」

「でもわかったでしょ。この町にいたって、仁左一家の顔色を見ながら暮らすことになるのよ。京に行くべきだわ」

「こんなこと、いつまでも続きませんから、どうかご心配なく」

茶を出したおよねが、遠慮なくいぶかしげな顔を向ける。

「中屋のおかみさん。もしかして、仁左一家にいやがらせを頼んでいませんか」

百合の顔色が変わったので、お琴が慌てた。

「およねさん、失礼よ」

「でもおかみさん、おかしいじゃないですか。この人が来てから、仁左一家の連中が現れたんですよ。裏で糸を引いていると思われても仕方ないですよ」

百合が不機嫌な顔で言う。

「やくざなんかに頼んだりしないわよ。関わると、ろくなことにはならないから」

「そうですか。それじゃ、早く帰られたほうがいいですよ。ここにいると、やくざに目をつけられます」

「そうね、では帰ります。お琴ちゃん、気が変わったら遠慮せずにいつでも来てちょうだいね。別宅の風通しをよくして待っているから」

百合はそう言って帰っていった。

台所から塩の壺《つぼ》を抱えてきたおよねが、不機嫌極まりない顔で表に行き、手を突っ込んで塩をわしづかみにした。

「二度と来るんじゃないよ」

遠ざかる百合を乗せた駕籠に叫び、塩をぶちまける。

気がすまないとばかりにもう一度塩をつかみ、えいっと言ってふたたびぶちまけたのだが、勢いが強すぎて、瀬戸物を売るやくざどもにかかった。

「おい、ばばあ！　てめぇ、何しやがる！」

怒号《どごう》をあげて腕まくりをするやくざ者にすっかり怯えたおよねは、慌てて店の中に逃げ込んだ。

五

「なんだいこいつは、玉こんにゃくかい」

店の常連の男が訊いてきたので、かえでは笑顔で応じた。

「店の煮物とは、ひと味違いますよ」

「おう、それじゃ一本もらおうか」

「毎度あり。四文です」

「安いね」

熱いのをひとつ頬張《ほおば》った客が、目を丸くした。

「ほほう、こいつはうめぇや。酒が飲みたくなるな」

上機嫌で食べながら歩いていくのを見た者たちが、匂いに誘われて集まってきた。

食べやすいように三つほど串に刺し、八丁《はっちょう》味噌《みそ》で煮込んだ玉こんにゃくの味が大受けして、出店は大繁盛だ。

その人混みを分けて現れた仁左一家の者が、かえでに食ってかかった。

「おい！　ここはおれたちが商売をするところだ。どけ！」

「ここは天下の往来ですから、誰が商売をしたって構わないじゃないですか」

「なんだとこのあま。つべこべぬかしやがると、ひっくり返すぞ！」

台の端を持ち上げようとした若い衆の手に、背後から熱い玉こんにゃくが当てられた。

「熱っ！」

手を引いた若い衆が、怒気《どき》を込めた顔で振り向く。

煮売り屋の大将の身なりをしている小五郎が、笑顔で頭を下げた。

「あいすみません、手が滑ってしまいやした」

「てめぇ、どう見たってわざとだろうが！」

「いえいえ、そんなことはございません。それより、うちの出店がどうかしましたか」

「おう、こいつはおめぇの店か」

「はい」

「ここは仁左一家が商売をしていた場所だ。邪魔だからどけ」

「それはご勘弁を。死んだ親父に祟《たた》られますんで」

「なんだと」

「昨夜の丑三《うしみ》つ時《どき》（午前二時頃）に、枕元に立ったのですよ。三島屋さんの前で商売をしろと言って、恨《うら》めしそうな顔で」

若い衆はその手の話が苦手らしく、ごくりと唾を呑《の》んだ。

「ば、馬鹿野郎。幽霊なんざいるもんかい。いいからどけ」

「親父は執念深い人でしたので、そんなことおっしゃると、化けて出ますよ。ほら、後ろに立ってます」

「ひっ！」

若い衆が引きつった顔で振り向いたので、客たちから笑われた。

見かねた兄貴分の男が下がらせ、小五郎の目の前に立った。

「おい、煮売り屋。どうしてもここで商売がしてえなら、一両、いや、二両出しな。そうすりゃ、おれたちが用心棒をしてやるぜ」

「一本たったの四文で商売をしていますんで、二両も出したんじゃ大損です。ご勘弁を」

「だめだな。出せねぇなら、ここをどけ」

「ご勘弁を」

「どけろと言ってるんだ！」

兄貴分が、小五郎に向けて拳《こぶし》を振り上げた。

「ぎゃあぁっ！」

悲鳴をあげたのは兄貴分だ。

小五郎の顔を殴ろうとした右の拳に、串が突き刺さったのだ。

むろん、偶然ではない。

殴りかかる相手の手の動きを見極めた小五郎は、恐れてかばうふりをして腕を顔の前に上げたのだが、持っていたこんにゃくの串の先を、迫る拳に向けていたのだ。

慌てたふりをした小五郎が、

「大丈夫ですか」

と気遣いながら、串を抜くと見せかけて、こねくり回した。

串は手の甲《こう》の急所に刺さっているので、兄貴分は激痛に身悶え、気を失った。

若い衆が兄貴分を助け起こし、小五郎に飛びかかろうとしたのだが、騒ぎを聞きつけた岡っ引きが来たので、思いとどまった。

「このままですむと思うな」

若い衆は鋭い目つきで言うと、仲間と共に兄貴分を抱きかかえながら立ち去った。

「ざまぁみやがれ！」

野次馬の中で誰かが言ったのを皮切りに、二度と来るなという声があがった。

町の連中も、仁左一家のやり方に腹を立てていたのだ。

一家の者が去り、かえでが売る串玉こんにゃくは飛ぶように売れた。

女たちは、三島屋に入れると知って押し寄せ、日々使う懐紙《かいし》や化粧道具などを求める客であふれて、お琴とおよねは大忙しになった。


「この大馬鹿野郎！」

大声で子分を怒鳴ったのは、若頭の寅治だ。

その声は、一家が居を構える橋本町《はしもとちょう》の通りまで聞こえた。

町の者は誰の家か知っているので、怒鳴り声を恐れて足早に離れていく。

家の中では、座敷の長火鉢《ながひばち》の前に座っていた四十代の男が、脂《あぶら》ぎった顔をしかめた。

「おう寅治、そのへんにしろ。死んじまうぞ」

土間で寅治に殴られ、顔を血だらけにしている子分を気にするのは、親分の仁左だ。

へい、とうなずいてやめた寅治が、連れていけと他の者に命じて座敷に上がり、仁左の前に座った。

その寅治を睨んだ仁左が、不機嫌に言う。

「どうも、花川戸の連中は手向かいしやがる。気に入らねぇな」

「これからあっしが行って、見せしめに煮売り屋の野郎を痛めつけてやります」

「お犬様の手が効かねえとなると、そうするしかねぇか……いや、待て。いいことを思いついた」

仁左が手招きしたので、寅治が耳を近づけた。悪知恵を授《さず》けられて、ほくそ笑む。

「なるほど、そいつはいいお考えで」

「抜かりのないようにな」

「へい」

寅治は子分数名を引き連れて、家から出ていった。

小五郎とかえでが三島屋の前で串玉こんにゃくを売りはじめて二日目が終わった。

「今日も現れませんでしたね」

片づけをしながら言うかえでは、油断なく通りに目を配っている。

「あきらめてくれるといいのだが。殿も長居はできないだろうからな」

小五郎が言い、三島屋の様子をうかがった。

店は今日も大繁盛で、日が暮れたというのに、また二人、女の客が入っていった。身なりからして、どこぞの茶屋で働く姐《ねえ》さんらしかったが、しばらくして出てきた時には、包みを持っている。

「いいのが見つかったわ。また来るわね」

見送りに出たおよねに言い、上機嫌できびすを返す。

小五郎と目が合った女は、色気のある目でしなを作ると、夜の町へと去っていった。

これが最後の客だったらしい。およねは小五郎たちのところへ来て、声をかけた。

「お二人のおかげで、今日も商売ができました。ありがとう」

「いや、こちらも儲《もう》けさせてもらったんで、礼なんていいんですよ。なあ」

小五郎が振ると、かえでが笑みで顎を引く。

「多めに作ったのに、売り切れましたよ。店をやめて、ここで商売をしましょうか」

「そうしなさいよ」

およねに言われて、小五郎は困り顔をした。

「晴れた日はいいが、雨の日は商売ができないから難しいですよ」

「それもそうね。仁左一家はあきらめてくれたかしら」

「どうでしょう。あと二、三日は、様子を見てみましょう。油断して邪魔をされたんじゃ、元も子もないですから」

「そうしていただけると助かるわ。おかみさんにもそう言っておくわね」

三人が楽しそうに話をしているのを、商家の角に隠れて見ている者がいる。

その者は、離れた場所からこちらを見ていた仲間に顔を向け、顎を引いた。

応じた仲間が、路地の後ろに振り向く。

「若頭、いいそうです」

寅治がうなずき、隠れている手下に手を振って合図を送る。すると、袋を抱えた手下が路地に現れ、小五郎の店の裏木戸を開けて侵入した。

程なく出てきた手下が、にやりとしながら顎を引く。

寅治もほくそ笑み、路地から去った。

通りを走る寅治が、物陰に潜んでいる気配に横目でうなずいてみせる。

すると、暗がりから御先手組の与力が歩み出て、馬の鞭を振るって配下を走らせた。

およねと話をしながら片づけをしていた小五郎とかえでは、気配に気づいて顔を向けた。

寄り棒を持った役人に囲まれたのは、その時だ。

「御先手組である」

与力が馬の鞭を突きつけた。

「貴様の店にご法度の品があるという投げ文《なげぶみ》があった。これより検《あらた》めるゆえ、共にまいれ」

「なんのことですか」

小五郎が訊くと、与力が歩み寄る。

「貴様、煮物の隠し味に、鶴の肉を使《つこ》うておろう」

「馬鹿な。そのような物、使うわけがない」

言った小五郎は、はっとした。

「何をした」

「黙れ。店を検める。神妙についてまいれ」

役人に背中を押されて、小五郎とかえでは従った。

驚いたおよねが、大変だ、と言って店に飛び込んだ。

小五郎の店の表の戸を蹴破った与力は、顔に薄い笑みを浮かべながら入り、板場に配下の役人を行かせた。

「ありました」

配下がそう言って持ってきた麻袋《あさぶくろ》を、小五郎は見覚えがないと訴えたが、与力は聞く耳を持たない。

「中を検めよ」

「はは」

応じた配下が、袋の口を土間に向けた。すると、中から鶴の死骸が出てきた。かえでが目を見開く。

小五郎は、鋭い眼差しを与力に向けた。

「これは罠だ。やったのは仁左一家に違いない」

「申し開きはさせぬ。上様直々《じきじき》のご法度を破る大罪人め。生きて戻れると思うな。縄を打て」

「はは！」

小五郎とかえでは縄で縛られ、表に連れ出された。

およねとお琴が、心配して来ていた。

小五郎は二人に笑顔で言う。

「これは仁左一家の罠だから、心配しないで。すぐに戻ってきますよ」

「しゃべるな。さっさと歩け！」

背中を押された小五郎は、案じて見ている町の者たちの中を歩き、花川戸町の大通りを南にくだった。

浅草蔵前を通り、浅草御門《あさくさごもん》内に入ると、両国橋《りょうごくばし》の西詰を通り、大川沿いの道を川下へ向かった。

薬研堀《やげんぼり》の町家を通り越す。この先は、行徳河岸《ぎょうとくがし》まで武家屋敷の漆喰塀《しっくいべい》が続いているので、夜ともなると、道を歩く者はほとんどいない。

曽我を調べていた小五郎は、ここからくだった場所に、曽我家の抱え屋敷があることを知っていたので、かえでと目を合わせ、顎を引く。

辻番《つじばん》の前を通り過ぎ、明かりが遠く離れたところで、小五郎が急に立ち止まった。

「おい、歩け」

ちょうちんの明かりを向けて命じる与力に、小五郎が笑みを浮かべる。

「年貢の納《おさ》め時《どき》だぜ」

「何を言うか」

その時、暗闇から染み出るように黒装束《くろしょうぞく》の者たちが現れ、一行の前後を塞いだ。

「誰だ！」

突然現れた黒装束たちに、与力が警戒した顔を向ける。

「むっ、曲者《くせもの》」

「曲者ではない。おれの配下だ」

与力が小五郎を睨んだ。

「貴様、ただの煮売り屋ではないな。何者だ」

「お前のあるじが足下《あしもと》にも及ばぬお方に命じられて、曽我と仁左の悪事を探っていたのだ。逃げられやしねぇぜ」

「黙れ」

与力が鞭を捨てて抜刀した。

「斬れ、斬れ!」

配下に命じるなり、小五郎に斬りかかってきた。

袈裟《けさ》懸《が》けに打ち下ろされる一撃をかわした小五郎は、返す刀で斬り上げる与力の太刀筋《たちすじ》を見切り、縄のみを斬らせた。

腕が自由になった小五郎に、与力が目を見張る。

「おのれ!」

怒りにまかせて斬りかかる与力の腕をつかみ、ひねり倒した。

腹に拳を入れて悶絶《もんぜつ》させた小五郎は、刀を奪い、かえでに斬りかかろうとしていた役人を峰打ちに倒すと、縄を切った。

十名の役人たちは、三人の小五郎の配下によって倒され、痛みに呻いている。

小五郎は、燃え尽きようとしているちょうちんから蠟燭《ろうそく》を拾って配下に持たせ、与力の前に行った。

「起こせ」

小五郎の命に応じた配下が、与力をつかんで座らせ、手足を押さえた。

小五郎が与力の前に片膝をつき、配下から太い針を受け取る。

与力が目を見開く。

「な、何をする」

「曽我と仁左一家のことを話してもらおうか」

「知らん。わしは、殿の命に従い、禁令を犯《おか》した者を捕らえただけだ」

「そのような嘘《うそ》は、我らには通用せぬ。我らの責めは、鬼も耐えられぬほどだと思い知れ」

小五郎は太い針の先を与力に向け、目に近づけた。

「や、やめろ。このようなことをして、ただですむと思うな」

「訊いたことへの答えになっていないぞ」

小五郎が顎を引くと、配下が与力の瞼《まぶた》を無理やりこじ開けた。

鋭い針が眼前に迫り、与力は悲鳴をあげた。

「わかった、言う。言うからやめてくれ」

与力は、知っていることをすべて話した。

針を引いた小五郎は、配下に命じて与力たちを捕らえさせると、左近のもとへ走った。

六

駒込村《こまごめむら》にある仁左の別宅に招かれていた曽我光義は、差し出された袱紗《ふくさ》を開き、三百両の小判に満足げな顔をした。

袱紗を引いて、そばに控える用人《ようにん》に納めさせると、仁左に鋭い眼差しを向ける。口には、人を馬鹿にしたような笑みを浮かべている。

「いつもすまぬな」

薄い笑みを浮かべて頭を下げた仁左が、下からのぞくような顔で訊く。

「殿様、捕らえた者たちはどうなさいますか」

「抱え屋敷に留《と》め置いておるが、どういうわけか、お上から沙汰《さた》が来ぬ。だが案ずるな、島送りは間違いないゆえ、店は空き家になろう」

「それでは、折を見て手をつけましょう」

「用心棒代を払わねば罠に嵌めて店を奪うとは、どこまでも強欲な奴よ。どうりでこのように大きな屋敷を構えられるはずだ。庭などは、寺のものほどもあるではないか」

「このあたりは土地が安く手に入りますので。それに、あっしがここまで走ってこられたのも、殿様のお力添えがあればこそのこと。これからも、よろしゅう頼みます」

「あまりやりすぎると、お上に目をつけられるぞ」

「今、手をつけている町を従えさせれば、江戸の三分の一はあっしの縄張りになります。用心棒代も相当な上がりになりますんで、殿様にお贈りするぶんも、倍になるかと」

「それは楽しみじゃ。何せ、出世には金がいるからの」

「金はこの仁左におまかせを。そのかわり……」

「わかっておる。わしがすべての御先手組を指図するまで出世したあかつきには、江戸は仁左一家の縄張りとなろう。闇の金は、いかほど集まるかの」

「それはもう、万両どころではないかと」

「さすれば、その金をばらまき、大名はおろか、老中にまでのぼりつめるのも夢ではない。楽しみじゃ」

「では、今日は前祝いといきましょう。きれいどころを揃えておりますので」

「おお、そうか。うむ、苦しゅうない」

仁左が手を打ち鳴らすと、艶《あで》やかな女たちが廊下に現れることを期待した曽我が、鼻の下を伸ばした顔を向けた。

控えていたはずの女たちが現れないのでいぶかしげな顔をした仁左が、寅治に顎を振り、見てこいと命じた。

応じた寅治が障子を開けて廊下に出た時、庭にいる人影に気づいた。

「誰だ！」

人影が歩み、石灯籠《いしどうろう》の明かりに照らされた藤色の着物に、寅治が目を細める。

現れたのは、宝刀安綱を腰に帯びた左近だ。

「あっ！　てめえは！」

「どうした、寅治」

障子を開けはなって出てきた仁左が、左近に鋭い眼差しを向けた。

「そいつは誰だ」

「野郎が三島屋の用心棒です」

「なんだと。おいてめぇ、何しに来やがった」

「町の者を痛めつける悪党を捕らえに来た。お前たちの悪事はすでに明白」

「何を」

腕まくりをする寅治の背後に、曽我が出てきた。

「おい素浪人、貴様、死にたいのか」

悪態をつく曽我に、左近が厳しい眼差しを向ける。

「曽我光義。貴様、江戸市中の治安を守るべき立場にありながら、不逞《ふてい》の輩から金を受け取り、その見返りに、配下の与力に命じて罪なき者を捕らえ、牢に押し込めるとは何ごとか」

「知らぬことじゃ」

「貴様の悪事は、与力がすべて白状しておる。言い逃れはできぬと思え」

「素浪人の分際で偉そうなことを申すとは、どうやら、命が惜しくないようだ。皆の者！　であえい！」

あるじの大音声《だいおんじょう》に応じて、控えていた部屋から家来たちが出てきた。

仁左の子分たちも道中差《どうちゅうざ》しを持って現れ、庭にいる左近を取り囲む。

血の気の多い子分が抜刀して斬りかかった。

左近は安綱を抜いて打ち払う。

片手斬りに打ちかかっていた子分の手から刀が飛び、壁に突き刺さった。

その剛剣に、皆一歩下がり、身構える。

左近は安綱を右手に提げ、鋭い眼差しで告げる。

「良心ある者は去れ。悪に与《くみ》する者は、葵一刀流《あおいいっとうりゅう》が斬る」

「葵一刀流……」

独りごちたのは、曽我の用人だ。そしてすぐに、はっとした。

皆を押しのけて前に出た用人は、石灯籠の明かりにきらめいた安綱の金鎺《きんはばき》に刻《きざ》まれた葵《あおい》の御紋《ごもん》を見て、驚愕《きょうがく》した。

「もしやあなた様は、甲州様では」

「いかにも。徳川綱豊じゃ」

「ははあ!」

平身低頭《へいしんていとう》する用人に、曽我が愕然《がくぜん》とした。

「こ、甲州様じゃと」

目をこらした曽我は、江戸城で見かけたことがある左近の顔を思い出したらしく、目を見開き、よろよろと後ずさった。

「しまいじゃ。わしはこれまでじゃ」

「殿様、弱気になっちゃいけませんぜ。相手はたったの一人だ。闇に葬ってしまえばいいだけのことですぜ」

仁左の声に、曽我が驚く。そして左近を見ると、上座に置いていた刀を取りに行って抜いた。

「者ども、こ奴を生かして出すな。斬れ、斬れ！」

悲鳴に近い声で命じられた家来とやくざたちが、一斉に抜刀した。

左近は、安綱を峰に返した。

「やあっ！」

斬りかかってきた家来の刃をかわして前に出た左近は、すれ違いざまに相手の背中を打ち、目の前に迫る敵の胴を打ち払う。

またたく間に二人が倒れ、激痛に呻いた。

「野郎！」

寅治が斬りかかった刀を弾《はじ》き上げ、肩を打つ。

葵一刀流の剛剣で骨を砕《くだ》かれた寅治は、大声をあげて倒れ、のたうち回った。

左近が別の家来を打ち倒した時、曽我は仁左と共に、皆を見捨てて逃げようとした。

座敷の奥の襖を開けた刹那《せつな》、目の前に刃を突きつけられた仁左が、

「うわっ」

声をあげて尻餅をついた。

現れた小五郎の足を狙って、仁左が刀を振るった。

鉄の脚絆《きやはん》で身を守る小五郎が、手甲《てつこう》で仁左の顔を打ち、気絶させる。その隙《すき》に逃げようとした曽我の襟首《えりくび》をつかみ、庭に投げ飛ばした。

左近が安綱を首に当てる。

それを見たやくざたちが逃げようとしたが、かえでと甲州忍者たちが現れ、ことごとく打ち倒して捕らえた。

安綱をにぎる左近が、曽我に言う。

「己の欲のために、罪なき者を陥《おとし》いれた貴様に明日はない。上様から厳しい沙汰があるものと、覚悟するがよい」

「くっ、うう……」

曽我は歯を食いしばり、うな垂れた。

この翌日、曽我の抱え屋敷から解放された者たちは、それぞれの家に帰った。

捕らえられていた人数は、実に五十五名にも及んでいた。曽我と仁左は、罪なき者を陥れるために三十四以上の犬を殺《あや》めていたのだが、特に綱吉の怒りを買ったのは、小五郎を陥れるために鶴を殺していたことだった。

怒りに触れた仁左とその一家の者は、一人残らず打ち首が命じられ、即刻処罰された。

曽我は、切腹は許されず打ち首とされ、お家は改易《かいえき》となった。

町の者たちは、凶悪な仁左一家が殲滅《せんめつ》されたことを喜ぶいっぽうで、慈悲《じひ》のない厳しい罰が科せられたことに驚き、生類、特に犬と鶴を傷つけぬよう、気を引き締めるばかりだった。

履物屋の峰吉とおたけが無事に戻ってきて、権八たち町の者は、大喜びで迎えた。

左近はお琴と共に、喜び合う皆を見ていたのだが、ふと、綱吉の厳しさが脳裏《のうり》をかすめ、妙な胸騒ぎがした。

そんな左近の様子を見て、お琴が気遣った。

「どうなされたのですか」

「いや、なんでもない」

左近は笑顔で答え、騒ぐ権八たちに眼差しを戻した。

第二話　逃げた三人組

一

この日、新見左近は、お琴が調《ととの》えてくれた朝餉《あさげ》を二人きりですませ、甲府藩主としての仕事をするために、根津の藩邸への帰途についていた。

朝から日差しがきつくて町中は暑かったのだが、不忍池《しのばずのいけ》のほとりに来ると、いくぶんか涼しさを感じた。

池と上野山《うえのやま》に挟まれた道なので、夜の涼しさが残っているのだろう。

夜といえば、酒に酔った権八が、京橋にある小間物問屋中屋の百合がお琴を口説《くど》きに来ていたことを話題にして、

「早くお琴ちゃんを嫁にしろ」

と、目の据《す》わった赤ら顔で迫った昨夜のことを、ふと思い出す。

お琴は、京に行く気などさらさらないと言っていたが、権八とおよね夫婦は、

安心できない様子だった。

百合がお琴に出す条件は、並ではない。まして京は、武家が多い江戸よりも華《はな》やかで、小間物を求める客の質も違う。

京のことを知る百合は、町の様子を聞かせてお琴の興味を引き、どうあっても連れていこうとしているらしい。

お琴は、口では興味がなさそうだが、およねは本心を見抜いていた。

「きっと胸の内では、力を試してみたいと思っているはずですよ。時々、考え込んでいますもの」

お琴がいないところで、およねはそう言って案じていた。

左近は足を止めて、池のほとりにたたずんだ。考えているうちに、およねの言うとおり、お琴は京へ行きたいと思っているかもしれないという不安に駆られたのだ。

もしも、お琴が京行きを望んだ場合、引き止めることができようか。

お琴の幸せを想うと、左近は胸が苦しくなった。

「野郎、どこへ行きやがった」

谷中《やなか》の方角から声がしたので左近が顔を向けると、単《ひとえ》の裾《すそ》を片端折《かたはしょ》りした二人組の男が、苛立《いらだ》ちながら上野山の森を見上げ、人を捜している様子で歩んできた。

池のほとりにいる左近と目が合った片割れの男が、小走りで近づく。

二十代であろう男は目つきが鋭く、まっとうな生き方をしているようには見えない。

そんな男が、遠慮がちに声をかけた。

「ご浪人、ちょいとお尋ねしやすが、三人組の若い男がこの道を来ませんでしたか」

「いや、見ておらぬが」

「遊び人風ですが、見ておられやせんか」

「ここまで誰とも会《お》うておらぬ」

「そうですかい」

目を見たまま軽く頭を下げた男の額《ひたい》には、物で殴られたような赤紫の痣《あざ》が浮いていた。

男はきびすを返し、仲間に言う。

「こっちじゃねぇようだ」

谷中の方角を指差して、どこかに隠れているに違いないと言うと、二人は走り去った。

何かあったようだが、遊び人風と言っていたので、仲間内での揉《も》めごとかもしれぬ。

若者の喧嘩《けんか》は江戸では珍しいことではないので、左近はさして気にすることなく、谷中へ向かう坂道をのぼった。

大名家の下屋敷の漆喰塀《しっくいべい》を左手に見つつ歩み、辻《つじ》を左に曲がって、左近のぼろ屋敷の門前を通り過ぎようとした時のことだ。

――誰かいる。

左近はふと、ぼろ屋敷の門内に潜《ひそ》む気配を察した。

古くて板の色もくすんだ門扉《もんぴ》の隙間《すきま》から、外の様子をうかがう気配を感じた左近は、足を止めず、気づかぬふりをして通り過ぎると、寺の角を曲がって路地に入り、ぼろ屋敷の裏手に回った。

木戸を押してみると、開かない。

普段は開けっぱなしの木戸に閂《かんぬき》がかけられているのは、中に人がいる証《あかし》だが、左近の姿を見ても表門を開けないのは、甲府藩の者ではないということだ。

急に湧《わ》き出た気配に気づいた左近は、路地を振り向いた。

左近に顎《あご》を引くのは、付かず離れず供をしていた小五郎だ。

左近が場を空けると、小五郎は木戸が開かないのを確かめ、板塀を見上げる。

一拍の間ののち、優《すぐ》れた跳躍《ちょうやく》で板塀のてっぺんに上がり、中の様子を探って塀の内側へ飛び降りた。

すぐに閂をはずし、木戸を開けて小五郎が顔を出した。

「母屋《おもや》にも気配があります」

「さようか。先ほど余《よ》に問うてきた者たちが捜している輩《やから》だろう」

左近は中に入り、小五郎に木戸の閂をかけさせた。

勝手口から台所に入り、板の間に上がって、囲炉裏《いろり》がある居間に向かう。

すると、左近の足音に気づいた侵入者の慌《あわ》てる物音が、襖《ふすま》一枚を隔《へだ》てた居間から聞こえた。

小五郎が先に立ち、襖を開けはなつや、三人の若い男が焦《あせ》った顔をして、持っていた湯呑《ゆの》みを投げつけて逃げた。

小五郎は、あとを追います、という目顔を左近に向けた。

左近がうなずくと、小五郎は足音も立てずに、三人を追っていく。

その場で捕らえないのは、部屋に二つの千両箱を置いて逃げたので、盗《ぬす》っ人《と》一味と睨《にら》み、根城《ねじろ》を突き止めるためだ。

一味の正体をつかみ、一網打尽《いちもうだじん》にする。

それが、咄嗟《とっさ》に小五郎が考えたことだろう。

左近は、千両箱の蓋《ふた》を開けた。二つとも、小判がびっしり詰められている。

不忍池のほとりで出会った二人組が、この金の持ち主だろうか。

焦りの色を浮かべていた男のことを思った左近は、蓋を閉めて囲炉裏端に座り、静かに小五郎の帰りを待った。

およそ一刻（約二時間）後に戻った小五郎は、藩の者を連れた間部詮房《あきふさ》と一緒だった。機転を利かせて、左近が藩邸に帰らないことを知らせに立ち寄ったところ、わたしもまいろうと言って、ついてきたのだ。

「留守のあいだに賊が入っていたと聞きましたので、急ぎまいりました」

間部はあいさつもそこそこに、配下の藩士に命じて、ぼろ屋敷の中を調べさせた。

盗《と》られるような物はないと左近は言ったのだが、念のためだと言って、台所の米櫃《こめびつ》まで調べるよう命じている。

にわかに騒がしくなった居間で、左近は小五郎に、逃げた者たちのことを訊《き》いた。

　すると小五郎が、どうも妙ですと首をひねる。

「逃げたうちの一人を追ったのですが、その者は、神田の豊島町《としまちよう》にある味噌屋《みそや》に入りました」

「そこが根城か」

「それがどうも、そうではないようなのです。近所でそれとなく訊きましたところ、味噌屋は三代続く古い店で、逃げ帰ったのは、与吉《よきち》という名の若旦那かと思われます」

　左近は腕組みをして、囲炉裏端に二つ並べられた千両箱を見つめた。

「間部」

「はは」

「月番の町奉行所に、賊に入られた届けが出ていないか問い合わせてくれ。これを返してやらねばなるまい」

「かしこまりました」

　間部は立ち上がり、一人で町奉行所へ向かった。

　ぼろ屋敷を調べた家臣が居間に集まり、何も盗られた様子はないと言うので、左近はねぎらい、藩邸に帰らせた。

小五郎と二人で待つこと数刻、日が西に傾《かたむ》いた頃に、間部が戻ってきた。

「遅くなりました」

「ご苦労。して、いかがであった」

「月番の北町奉行所に問い合わせたところ、盗みに入られた届けは出ておりませぬ。ここ数日、市中は大きな揉めごともなく、静かなものだそうです」

「千両箱のことは話したか」

「はい。訴えが出次第、藩邸に知らせる手はずとなっております」

「そうか。では、もう帰ってよいぞ」

飄々《ひょうひょう》と告げる左近に、間部が驚いた顔をする。

「殿は、お戻りになりませぬのか」

「うむ。賊が金を取りに戻るやもしれぬので、今日はここに泊まる」

「なりませぬ。目を通していただかなくてはならぬ書類が溜《た》まっております。殿のご裁可《さいか》なくしては動けぬものばかりですので、一刻も早く決めていただかないと、国許《くにもと》の者が困ります」

「今夜だけだ。明日の朝は帰るゆえ、そう目くじらを立てるな」

　間部は疑いの目を向けた。

「お約束くださいますか」

「うむ」

「わかりました。一晩だけ、お待ちします」

　そう言って座るので、左近は小五郎と目を見合わせ、間部に眼差しを戻した。

「帰らぬのか」

「はい。賊が来るかもしれぬと聞いては、殿を置いて帰るわけにはまいりませぬゆえ」

「いいだろう。今夜は三人で酒を飲もう。間部、酒屋で求めてまいれ」

「はは」

「わたしは肴《さかな》を適当に見つくろってきます」

　小五郎は近くの飯屋へ行き、煮物や瓜《うり》の塩漬《しおづ》けなどを買ってきた。

　こうして、ぼろ屋敷に泊まったのだが、結局逃げた賊は戻ってこなかった。

　夜が明けるのを待っていた間部が、朝餉は藩邸でとるよう言い、早く帰らせようとする。

　このままでは気になるので帰ることはできぬと左近は言い、あと一晩泊まろうとしたのだが、これにはさすがの間部も表情を険しくした。

「藩主としての務めを果たしていただけぬのであれば、この先、市中へお出になるのはご遠慮願います」

江戸藩邸内で誰からも一目置かれ、頭角を現しているだけあり、近頃めっきり厳しくなった間部に、左近は渋々応じた。

「小五郎、あとはまかせる」

言いつけて帰ろうとした左近だが、千両箱を検《あらた》めていた小五郎が引き止め、紙を差し出した。

「数えましたところ、合わせて二千両入っておったのですが、これが底に張りついておりました。持ち主の物ではないでしょうか」

それは、大角屋《おおすみや》という名が入った小判の包み紙だった。

小五郎が言う。

「日本橋《にほんばし》にある両替屋が、確か大角屋だったと思います」

「小判しか入っておらぬ箱の底に残っていたとなると、大角屋が使っていた箱に違いあるまい。間部、先に帰っておれ。余は大角屋に向かう」

「殿……」

困り顔の間部だが、こうなっては左近を止められぬと知っているので、日暮れ前には必ずお戻りくださいと釘を刺し、一人で帰っていった。

紙を袂《たもと》に収めた左近は、日本橋へ行き、大角屋の暖簾《のれん》を潜《くぐ》った。

「いらっしゃいませ」

明るく声をかけた手代が、藤色の単《ひとえ》に安綱を落とし差しにした浪人風の左近を見て、眉間《みけん》に皺《しわ》を寄せる。

「お武家様、ご用の向きは」

「ちと、あるじに尋ねたいことがある。おられるか」

すると、帳場に座っていた三十代の男が上《あ》がり框《かまち》まで出て座り、探る眼差しを左近に向けた。

「借財の申し出ならば、番頭のわたしが承《うけたまわ》りますが……いかほどお望みでしょうか」

「借財ではない。昨日、おれの家に三人組の若い男が勝手に入っていたのだが、これを残して逃げたのだ」

左近は袂から紙を取り出して、番頭に渡した。番頭の顔に一瞬だけ動揺の色が浮かんだのを、左近は見逃さない。

「覚えがあるのか」

「少々、お待ちを」

奥へ入った番頭は、すぐに戻ってきた。

その後ろに続いて現れた四十代の男が、上がり框に腰かけるようすすめてきたので、左近は安綱を鞘《さや》ごと帯から抜き、腰を下ろした。

膝《ひざ》を向けて座った男が、作った笑みを浮かべる。

「あるじの朝右衛門《あさえもん》でございます。確かに、手前どもの包み紙ですが、これが何か」

「千両箱の底に入っていた。三人組がおれの家に置いて逃げたのだ。二千両ほどあるのだが、覚えはないか」

「と、申しますと」

「盗まれてはおらぬか」

「今朝方、金蔵を開けましたが、いつもと変わりなく、盗まれてはおりませんが」

「さようか」

左近は朝右衛門の表情を探ったが、番頭が見せたような動揺の色はない。

思い過ごしか。

店の女中が出した茶を一口飲んだ左近は立ち上がり、安綱を腰に帯《お》びた。

「三人組が置いていった金は、北町奉行所へ届けるしかあるまい。邪魔をした」

「ご苦労様です」

笑顔で頭を下げる朝右衛門にうなずいた左近は、店を出て、谷中へ足を向けた。

日本橋を越えたあたりで、跡をつける者に気づいたのだが、左近は知らぬふりをして谷中へ帰り、ぼろ屋敷の表門から入った。

潜《くぐ》り戸《ど》を閉め、節穴《ふしあな》から外の様子を探る。すると、行商人《ぎょうしょうにん》が一人通り過ぎ、その後ろから遊び人風の男が歩んでくると、ぼろ屋敷の門を見上げながら、引き返していった。

その男には見覚えがあった。昨日、不忍池のほとりで左近に声をかけた男と共にいた者だ。

やはり昨日の連中は、逃げた三人組を捜していたのだ。

どうやら、いわくつきの金らしい。

そう思った左近は、小五郎が待つ母屋へ入り、配下に千両箱を守らせるよう告げると、根津の藩邸に戻った。

二

雨上がりの夜、味噌屋の若旦那与吉は、行きつけの料理屋の離れで酒を飲み、馴染《なじ》みの女中に金を払って遊んでいた。

別室に敷かれた床で女の色香《いろか》に溺《おぼ》れ、ひと時の極楽の中にいた与吉は、重い身体を横たえて、汗が引くのを待っている。

額の汗を拭《ぬぐ》ってくれた女が、口移しで冷酒《ひやざけ》を飲ませてくれ、優しい微笑《ほほえ》みを浮かべながらじっと与吉を見つめた。

「おいしい？」

「ああ、格別だ」

女は、与吉の胸板を指でなぞりながら、甘え上手な眼差しを向ける。

「次はいつ来てくれるんですか？」

「明日、と言いたいところだが、もうすぐ親父の跡を継ぐから、当分は来られそうにない」

「寂しいこと言わないでくださいな。今日だって十日ぶりですよ。待つのはいや」

胸に頬《ほお》を寄せる女の肩を抱いた与吉は、仰向《あおむ》けにさせて、柔肌《やわはだ》に顔をうずめた。

「店のあるじになったら、お前を身請《みう》けしたい。女房になってくれ」

「よしてくださいよ。本気にしますから」

　与吉は女と目を合わせた。

「わたしは本気だ。今日は身請けするための金を持ってくるつもりだったのだが、わけあって用意できなかった。だが必ず取り戻すから、待っていてくれ」

「あたしの借財がいくらあるか、知らないんですか？」

「知っているとも。金を取り戻したら、五十両なんてお前、なんでもないことだ。用意できたら、わたしの言うとおりにしてくれるかい」

　女は涙ぐんだ。

「ほんとに、ほんとに信じていいんですね」

「ああ、わたしはこころから、お前に惚《ほ》れているんだ」

「嬉しい」

　抱きつく女と唇《くちびる》を重ねた与吉は、柔肌に唇を這《は》わせて愛情を確かめ合った。

　それから一刻（約二時間）後に料理屋を出た時には、夜も更《ふ》け、通りに人影はない。

　町の木戸が閉まる前に帰ろうとして、与吉は小走りで家路についた。

豊島町の家まであと少しのところまで帰った与吉が、辻を左に曲がった刹那《せつな》、商家の軒先《のきさき》に潜んでいた人影がつと現れ、行く手を塞《ふさ》いだ。

「あっ！」

与吉が目を見張るのと、白刃《はくじん》が月明かりに閃《ひらめ》くのが同時だった。

「ぐあああっ！」

斬られた与吉の断末魔《だんまつま》の叫び声が、夜空に響く。

少し離れて跡をつけていた小五郎は、声に驚き、辻に急いだ。

すると、倒れた与吉にとどめを刺そうとしていた曲者《くせもの》が気づき、油断なく下がると、きびすを返して走り去った。

呻《うめ》き声をあげる与吉に駆け寄り、抱き起こす。

「おい、しっかりしろ」

与吉は右肩に深手《ふかで》を負い、息が絶《た》えようとしている。

死の淵《ふち》をさまよいながら、何か言おうとしていたので、小五郎は耳を近づけた。

「豊島町の定屋《さだや》という、米屋の徳次郎《とくじろう》に、逃げろと、伝えてほしい……」

「わかった。誰にやられたのだ」

与吉は苦しみに呻いた。

「おい、しっかりしろ。誰にやられた」

「知らない、男だが、やらせたのは――」

与吉は何か言おうとしたのだが、目を見開き、そのままがくりと首が折れた。

こと切れてしまった与吉を地面に横たえた小五郎は、近くの自身番《じしんばん》に走り、殺しを伝えた。

詰めていた町役人に、斬った相手を見たかと問われたので、見たままの姿を伝えると、町役人の顔が急に曇った。

殺《あや》めたのが侍だと知って二の足を踏む町役人に、与吉の身元を教えてあとのことをまかせた小五郎は、侍と聞いた途端に町役人の動きを鈍《にぶ》くさせる今の世に舌打ちをする思いでその場を去り、左近のもとへ急いだ。

与吉が今わの際に残した言葉を小五郎から聞いた左近は、翌朝早く豊島町へくだり、定屋を訪ねた。

店の前で立ち話をしていた徳次郎は、顔を覚えていたらしく、通りを歩む左近を見るなり、話を切り上げて店の中に入った。

左近が追って中に入ると、徳次郎は顔を引きつらせて裏口から逃げた。

手代が左近の前に立ちはだかるが、どかせてあとを追う。

裏路地へ出ると、後ろを気にして走っていた徳次郎が、板塀の角を曲がってきた豆腐売りと出合《であ》い頭《がしら》にぶつかり、天秤棒《てんびんぼう》に下げられていた盥《たらい》の豆腐と水を頭から被《かぶ》った。

「馬鹿やろ！　気をつけろ！」

怒った豆腐売りが、徳次郎の顔を殴ろうとした手首をつかんで止めた左近は、その隙に逃げようとした徳次郎に言う。

「昨夜、味噌屋の与吉が殺された。命が惜しいなら逃げるな」

突然のことに絶句した徳次郎は、立ちすくんだ。

驚いたのは、豆腐売りも同じだ。

「若旦那が殺された！　そんな馬鹿な……たった今、店の前を通ってきたが、そんな様子じゃなかったですぜ」

左近の神妙な顔を見て、豆腐売りは息を呑《の》んだ。

「ほんとうですかい」

「うむ」

左近は手を離した。

「豆腐代は、おれが払う」

一両小判を渡すと、豆腐売りは目を見張った。

「お釣りがございません」

「よい。取っておけ」

「こんなに、いいんですかい」

左近はうなずいた。

「この男と話があるゆえ行ってくれ」

「へい、ただ今」

豆腐売りは盥と天秤棒を持って、路地から走り去った。

左近が顔を向けると、徳次郎は怯《おび》えた顔をしている。

「店の者に聞かれたくなければ、場所を変えるぞ」

「ほんとうなのですか。ほんとうに、与吉は死んだのですか」

「嘘《うそ》ではない。おれの知り合いが、斬られた場に行き合《お》うた。お前に逃げるよう伝えてくれと、言い残したそうだ」

「そ、そんな」

「下手人《げしゅにん》は侍だが、あの二千両に関わりがある者か」

「……………」

「おれの屋敷に隠れたのも何かの縁だ。わけを話してみぬか」

「その前に、仙蔵《せんぞう》に知らせないと」

声を震わせる徳次郎は、左近に怯えた眼差しを向けながら歩み、路地から出た。

向かったのは、米屋とは通りを挟んだ向かいにある金物屋《かなものや》の澤田屋《さわだや》だ。

左近は、徳次郎のあとに続いて店に入った。

店番をしている者も客もなく、売り物の鉄瓶《てつびん》は埃《ほこり》を被っている。他の金物も棚《たな》に雑多に置いてあり、とても繁盛《はんじょう》しているようには見えない。

「仙蔵、いるかい！」

徳次郎が焦りの声で呼ぶと、いるよ、と奥から返事がして、板の間の奥の障子が開いた。

寝ていたのか、前がはだけた着物に手を入れて胸をかきながら出てきた仙蔵が、店にいる左近に気づいてぎょっとした。

徳次郎が言う。

「与吉が殺されたらしい。こちらの旦那は、それを教えに来てくださったんだ。与吉は死ぬ間際に、おれたちに逃げるよう伝えてくれと頼んだそうだ」

仙蔵は疑いの目をした。

「騙《だま》されるな、徳次郎。金が欲しくて、おれたちを嘘で脅《おど》そうって魂胆《こんたん》だぜ」

徳次郎が、鋭い眼差しを左近に向けてきた。

「そうなのか」

左近は首を横に振った。

仙蔵が徳次郎の袖《そで》を引き寄せて、左近から離した。

「与吉は昔から喧嘩が強かったんだ。相手が誰だろうと、殺されるものか」

「そ、それはそうだが、侍に斬られたらしいぞ」

「侍だと！」

「こちらの旦那がおっしゃるにはそうらしい。いくら喧嘩が強い与吉でも、刀を持った相手には敵《かな》わないんじゃないか」

驚いた仙蔵が、何かに気づいたような顔をして、慌てて簞笥《たんす》から匕首《あいくち》を取り出し、切っ先を左近に向けた。

「まさか、てめぇがやったんじゃないだろうな」

驚いた徳次郎が、仙蔵を止めた。

「この人が嘘を言っているとは思えない。ほんとうはお前も、そう思っているんだろう。やったのは、奴らに決まっている。わたしは、こうなることが怖いから反対だったんだ」

「うるさい」

「なあ仙蔵、与吉が殺されたとすれば、今は揉めている時じゃない。早くどこかに隠れないと」

怯える徳次郎を一瞥《いちべつ》した左近が、仙蔵に言う。

「命を狙う者に、心当たりがあるのだな。あの二千両は、大角屋から盗んだのではないのか」

「…………」

仙蔵が目をそらした。

「千両箱の中に、大角屋の名が書かれた紙があった。盗んだのだな」

「違う。あれは元々、おれら三人の親たちの金だ。盗ったのは大角屋のほうだ。金を返してくれ」

「お前たちの身の潔白《けっぱく》がわからぬうちは、返すわけにはいかぬ」

「嘘じゃない。悪いのは、大角屋だ」

「では、与吉を殺めたのも大角屋か」

「あんたじゃないなら、大角屋しかいない。なあ頼む、返してくれ。こうなったら、金を持って江戸を出るのが一番だ」

怯えた様子の仙蔵たちを、左近は放ってはおけなくなった。

「ことと次第によっては力になる。こうなったわけを話してみぬか」

思わぬことだったのか、仙蔵は、左近にためらいを見せた。

「あんた、何者だ」

「お前たちが忍び込んだ屋敷のあるじだ。これも何かの縁であろう」

仙蔵と徳次郎は顔を見合わせた。

徳次郎が、意を決したようにうなずくと、仙蔵も顎を引き、匕首を収めて左近に顔を向けた。

「話せば長くなる。座ってくれ」

応じた左近は、安綱を鞘ごと腰から抜き、板の間の上がり框に腰かけた。

二人は左近と離れて並んで座ると、まずは徳次郎が口を開いた。

「殺された与吉と、わたしたち二人の父親たちは、大名貸《だいみようが》しをして利息を儲《もう》けないかという大角屋の誘いに乗り、大金を預けておりました。儲けはそれなりにあったので、親たちは大喜びだったのですが……」

ここまで言って口ごもる徳次郎にかわり、仙蔵が教えた。

「よかったのは、親が生きている時だけだ。朝右衛門の野郎、親たちが相次いで死んだ途端に、手のひらを返しやがった。親父と交《か》わした約束ごとなので、息子であるおれには関わりのないことだとぬかして、利息を払わないどころか、元金も返さねえ。旦那、どう思います。誰が聞いたって、筋が通らない話でしょう」

「二千両は、親が預けていた元金か」

「いいや、まだ足りませんよ。この町だけでも、泣き寝入りをした店が五軒ほどありますんで」

仙蔵の父親は三百両出し、徳次郎の親は五百両、殺された与吉の親は、千両も出していた。他の五軒は、儲けを期待して多額の金を預けていたので、あてがはずれてしまい、身代《しんだい》を潰して夜逃げしていた。

話を聞いて、左近は不審に思った。

「その五軒も、父親が亡くなったのか」

徳次郎が、はいと答えた。

「暴れ馬に轢《ひ》かれたり、酔って川に落ちたりして……」

「不幸が重なりすぎてはいないか」

「仙蔵がそのことを言って、殺しじゃないかとお役人に訴えたのですが、証がないので相手にされず、それきりです」

仙蔵が悔しそうな顔をした。

「だが、おれたちの親は違う。三人とも、朝右衛門の接待を受けて間もなく、急な病《やまい》で倒れた。毒を盛られたに違いないんだ」

「薬師《くすし》に診《み》てもらったのか」

「診せましたが、わからないの一点張りで、どうにも」

そう言ってうな垂れる徳次郎を一瞥した仙蔵が、左近に言う。

「おれの親父は、苦しみの中で息も絶《た》え絶《だ》えに、朝右衛門にやられたかもしれないと言ったんだ。預けた金は妾宅《しょうたく》に隠しているはずなので、朝右衛門が返さない時は、女を縛ってでも取り戻せとも。それが最期の言葉だった」

「遺言を守ったと言うのか」

「朝右衛門が金を返さないからだ。みんなと話し合って、旦那の屋敷の目と鼻の先にある玉林寺《ぎょくりんじ》門前にある妾宅に押し入り、女を脅して金蔵を開けさせたんだ。金を持って逃げる途中、手下が妾宅に行くのが見えたので、隠れさせてもらった。勝手に入ったことはあやまる」

いかな「金を預けていたなら、証文があろう。盗みなどせずとも、取り戻せたのではないか」

左近の言葉に、仙蔵が苛立ちを露《あら》わにした。

「くそ役人は、金がある者の味方さ。町役人を通して南町《みなみまち》奉行所に訴えたが、大角屋が持っていた証文には、おれたちが持っていた証文とは違うことが書いてあり、親父が死んだ時は、金を返さないという約束になっていた。認めの字は親父のとは別物で、あとから大角屋が作った偽物《にせもの》の証文なのに、奉行所は大角屋に味方して、おれたちの訴えを退《しりぞ》けやがった。与力の野郎は、金色の餅《もち》をたらふく食わされているのさ。くそ役人がそんなだから、おれたちは自分で取り戻したんだ。これが事実だ。わかったら、金を返してくれ。夜逃げした連中は、今日か明日かと、おれたちのことを待っているんだ」

「居場所を知っておるのか」

左近が問うと、仙蔵は口を滑らせたことに動揺した。

「案ずるな。おれは朝右衛門とは関わりのない男だ」

仙蔵は首を横に振る。

「知っているが、教えられない」

左近は考えた。

朝右衛門は何ゆえ、金を盗まれていないと白《しら》を切ったのだろうか。紙を持って現れた自分が、仙蔵たちの仲間だと思われたか、あるいは、仙蔵たちの父親殺しを探る者とでも思ったか。

与吉を殺めたのは、妾宅から金を盗んだ恨《うら》みからではなく、父親たちを殺したことを疑われ、探られるのを恐れて口を封じたのかもしれない。

だとすると、この者たちも……。

左近は、仙蔵と徳次郎を見て問う。

「夜逃げした者たちのことは、朝右衛門に気づかれてはおらぬのだな」

「ああ、それは大丈夫だ。江戸にはいないからな」

「ならば、狙われるのはお前たちだけか」

「上等だ。返り討ちにしてやる」

「そう甘い相手ではないぞ。与吉を殺めた者は、なかなかの剣の遣《つか》い手《て》だ。匕首で勝てる相手ではない」

「おれは今では金物屋のあるじだが、親父が死ぬ前は、地回《じまわ》りをしていた。侍なんざ怖くはない。向こうが剣の遣い手なら、こっちは匕首の遣い手だ。刺し違えてでも、与吉の仇《かたき》を取ってやる」

匕首をにぎりしめて言う仙蔵を横目に、徳次郎が左近に懇願《こんがん》した。

「旦那、わたしたちの用心棒をしていただけませんか」

「おい、徳次郎。余計なことを言うな」

「仙蔵、お前だってほんとうは怖いはずだ。そうだろう」

「そんなことあるか」

いきがる仙蔵を無視して、徳次郎は左近に手を合わせた。

「二人で一日一両出します。どうか、守ってください」

「それは構わぬが……」

仙蔵が徳次郎をどかして、左近に言う。

「用心棒より、今すぐ金を返してくれ。金さえ戻れば、江戸に用はない」

「店はどうする」

「こんな店、どのみち続きゃしない。上方《かみがた》で徳次郎と出直す」

徳次郎が慌てた。

「待ってくれ。わたしはそうはいかないよ。おっかさんも奉公人もいるんだ」

「だったら、お前だけこの人に守ってもらえ。おれは上方へ行く」

「朝右衛門は執念深い男だとおとっつぁんが言っていたから、逃げたって、どこまでも追ってくるに決まっている。わたしの家で、旦那に守ってもらったほうがいい」

するど仙蔵が、値踏みするような眼差しを左近に向けた。

「確かに強そうだが、与吉を斬ったのは腕が立つ侍だろう。勝てるのか」

「力を尽くそう」

「勝てると約束できないのなら、無理はしないことだ。金を返して、おれたちと関わりをなくしたほうが身のためだぜ」

「おれはお節介焼《せつかいや》きなのでな。知ってしまったからには、放ってはおけぬ」

仙蔵が鼻先で笑う。

「とんだ物好きもいたもんだ。そこまで言うなら、いいだろう、一日一両で雇ってやる。ただし、金は今日中に返してくれ。騙されて身代を潰したのは、五軒とも嫁入り前の娘さんがいる店ばかりでな、年寄りもいるので、母子で困っている。一刻も早く、金を届けてやりたい」

「そういうことなら、今から取りにまいろう」

左近は、仙蔵と徳次郎を連れて店を出て、表通りを谷中のぼろ屋敷へ向かった。

通りを歩む左近たちのことを、物陰から見ている者がいる。

無紋《むもん》の羽織《はおり》に袴《はかま》を着けたその者は、与吉を斬った男だ。

面長《おもなが》で、鼻は押しつけたほどに横に大きい。薄い唇を引き結び、左近を見つめる眼差しは鋭い。

どうやら、仙蔵の店でのやりとりをこっそり聞いていたようだ。

男は刀の柄《つか》を押さえてきびすを返し、走り去った。

そのことに気づかぬ左近は、赤松屋《あかまつや》という味噌屋の前で足を止める仙蔵と徳次郎に顔を向けていた。

「ここが、与吉の店か」

左近が訊くと、仙蔵と徳次郎がうなずいた。

店の者は、まだ与吉の死を知らないらしい。普段どおりに店を開けていて、客が出入りしている。

徳次郎が左近に顔を向けた。

「ほんとうに、与吉は死んだのですか」

「うむ。まだ自身番から知らせが来ておらぬようだな」

悲しそうな顔をした徳次郎が、ゆっくりと仙蔵の正面に立った。

「金も大事だが、与吉を弔《とむら》ってやるのが先じゃないだろうか。見てみなよ、おせいちゃん、何も知らずに、あんな顔して」

手の甲《こう》を鼻に当てて涙を浮かべる徳次郎に、仙蔵は険しい顔をする。

首を伸ばして、徳次郎の肩越しに味噌屋の様子を見ると、明るい顔で客の相手をしているおせいの姿に、ため息をついた。

「与吉の妹ですよ」

左近に教えた仙蔵は、徳次郎の肩をたたいて、迎えに行くのが先だと言い、ふたたび左近に顔を向けた。

「旦那、与吉はどこの自身番にいるんです」

「与吉が殺されたのは、この町だと聞いている。近くの自身番に託したと申していたので、家の者にはすぐに知らされたと思うていたが」

「仙蔵、迎えに行ってやろう」

徳次郎が涙声で言った。

「ああ、そうだな」

応じた仙蔵が先に立って歩みを進めたので、左近は徳次郎とあとに続いた。

豊島町の自身番は、すぐのところだという。

身元がわかっている骸《むくろ》を長く留《と》め置くのは珍しいと思いながら、左近は足を進めた。

大勢の人が行《ゆ》き交《か》う辻を右に曲がり、程なく自身番の火《ひ》の見櫓《みやぐら》が見えてきた。

仙蔵が小走りで行き、腰高障子《こしだかしょうじ》を開けて訪《おとな》い、詰めていた町役人に詰め寄るようにして、与吉のことを訊いた。

するとと町役人は、昨夜のことを引き継いでいたらしく、与吉の骸が家に帰っていないと聞いて、いぶかしげな顔をした。

「それは妙だな。昨夜のうちに知らせて、連れて帰っているはずだが」

「でもよ、赤松屋は商売をしているんだぜ」

「ええっ！」

驚く町役人に、仙蔵が言う。

「とても悲しんでいるようには見えない。いったい誰が引き取りに来たんだい」

「妹のおせいさんだと聞いている。与吉が斬られたと聞いて確かめに来て、そのまま引き取ったはずだが……。店を開けているというのは、どういうことだろうね」

町役人が腕組みをして首をかしげていると、裏から壮年の男が入ってきた。共に詰めていた別の町役人だ。

気づいた町役人が、壮年の男に赤松屋のことを訊く。

するとと壮年の町役人が、気の毒そうな顔をして、徳次郎に言う。

「お前さんたち、店に行ってないのかい」

「はい。遠くから見ただけで」

徳次郎の答えに、壮年の町役人はため息をつく。

「それなら、行ってやらなきゃ。赤松屋のおかみさんや妹のおせいさんは、店を開けなきゃ常連さんが困るからと言って、気丈に働いていなさるんだ。葬式は明日だそうだ。客には笑顔を見せちゃあいるが、胸の内じゃ、泣いていなさるだろうよ」

仙蔵は拳《こぶし》をにぎりしめた。

「なんで言わないんだ。水臭《みずくさ》い」

おせいのところへ行くと言って飛び出した仙蔵と徳次郎を追い、左近は来た道を引き返した。

その頃、与吉を斬った男は、神田川沿いにある料理茶屋の一室にいるあるじの前で、先ほど盗み聞いたことを告げていた。

昨夜から泊まっていたあるじは、遊び疲れた顔で話を聞いていたが、金の行方を聞いて目力《めぢから》が増し、そばにいる朝右衛門を睨んだ。

「大角屋、お前が油断するからこのようなことになったのじゃぞ。この始末、どうつける気じゃ」

「坂田《さかた》様のお怒り、ごもっともでございます。ですが、金のお受け取りを妾宅にするようおっしゃられたのは、坂田様では」

「うるさい！ 見張りをおろそかにしろとは、言うてはおらぬわ」

「まさか、隠し場所を倅《せがれ》どもに知られるとは思いもせず、油断しておりました」

「脇が甘いのだ、脇が」

「こうなっては、仙蔵と徳次郎に加え、浪人者も始末していただかなくてはなりませぬ」

「その前に、金を取り戻す」

「坂田様、今は金より、口封じが大事かと」

「待て、そう焦るな」

冷静さを取り戻した坂田は、考えた。

「命を取る前に、金を取り戻す」

「何か、策がございますか」

「ふん、策と言えるほどのことではない。町人と浪人から金を取り戻すなど、造《ぞう》作《さ》もないことよ。人を集めろ、出かけるぞ」

坂田は浴衣《ゆかた》を脱ぎ、支度をしに別室に入った。

三

味噌屋に入った仙蔵が、客と話をしていたおせいが笑っていたので、どういうことだと怒鳴った。

「おせいちゃん、与吉が死んだというのに、よく笑ってられるな」

突然のことに、おせいも客も息を呑んでいる。

「なんとか言ったらどうなんだ」

「娘を責めるんじゃないよ。店を開けるよう言いつけたのは、わたしなんだ」

そう言ったのは、帳場に座っていた母親だ。

場の空気を読んだ客が、またにすると言って、帰ってしまった。

客に平あやまりして送り出した母親は、不機嫌極まりない顔を仙蔵に向けて言う。

「うちの人といい、与吉といい、ろくな連中と付き合わないから、寿命を縮めたんだ。あれほど止めたのに……」

母親が声を詰まらせると、おせいは袖で顔を隠して、店の奥に駆け込んだ。

三人の奉公人たちは、どうしたらいいかわからないといった顔をして、なりゆきを見守っている。

表にいた左近と徳次郎が店に入ると、奉公人たちは頭を下げて場を空けた。

仙蔵が言う。

「おかみさん、こんな時に商売をするなんて、あんまりだ。それに、おれたちにも黙っているなんて」

「お黙り。与吉を誘ったのは、どこのどいつだい。死んで帰ったのは、お前たちのせいだ。この始末をどうつける気だい。息子を殺めた下手人も憎いが、お前も同じように恨めしいよ。お前が金に執着しなきゃ、与吉は殺されずにすんだんだ」

湯呑みを投げつけられて、仙蔵は店の土間に両手をつき、頭を擦《こす》りつけた。

「おかみさんのおっしゃるとおりだ。おれで気がすむなら、煮るなり焼くなりしてくれ」

「ああ、殺してやるよ」

母親は簪《かんざし》を抜いた右手を振り上げた。だがそこまでで、刺そうとはせず、歯を食いしばっている。

徳次郎が、たまりかねた様子で両膝をついて、嗚咽《おえつ》する。

そんな徳次郎を、母親は厳しい眼差しで見下ろした。

「泣くんじゃないよ、いい若いもんが」

憎々しげに言い、母親は初めて左近を見た。

「お前さんも、こいつらの仲間かい」

「縁あって、三人が大角屋から取り戻した金を預かっている者だ。おれの手の者が与吉を見張っていながら、救えなかった」

左近は頭を下げた。

「…………」

母親は、左近の正体を探るような顔をした。

うな垂れていた仙蔵が、左近に驚いた顔を向けてきた。

「手の者が見張っていたとは、どういうことだ。さっきは知り合いだと言ったぞ。あんた、いったい何者なんだ」

「まあよいではないか」

左近は、仙蔵から母親に眼差しを転じた。

「与吉を斬った者は、このおれが許しはしない。仙蔵と徳次郎から話を聞いているが、大角屋に騙されたというのは、まことのことか」

「ええ、そうですよ。でもね、騙されるほうも悪いと言うじゃありませんか。大角屋の朝右衛門って男はろくな噂《うわさ》を聞きませんから、関わるなと言い続けていたんです。死んだ亭主も息子も、わたしの言うことを聞かないから、こんなことになっちまうんですよ。おまけに自身番の連中ときたら、やったのは辻斬《つじぎ》りだと娘に言ったそうですから、お上に訴えたところで、何もしちゃあくれません。腹が立って、涙も出ませんよ。下手人を捕まえたところで、与吉は帰ってきませんので、どうかお構いなく。……もう朝右衛門とは関わりたくないんです。商売の邪魔ですから、お帰りください。お前たちも、二度と来ないでおくれ」

ぴしゃりと言ってきびすを返した母親は、奥の部屋へ入ってしまった。

奉公人たちが、お帰りくださいと言って、左近たちを戸口に促《うなが》す。

奥の部屋を隔てる襖が少し開いていたのだが、左近の目は、泣き崩れる母親の姿をとらえていた。

「どうか、お帰りください」

視線を遮《さえぎ》った中年の奉公人が、悲痛な顔で頭を下げる。

左近は奉公人が止めるのも聞かずに座敷へ上がり、襖を開けた。

驚く母親に言う。

「ご亭主が大角屋と交わした証文があるなら、見せてくれぬか」

「何をいきなり」

「見せてくれぬか」

左近の真剣な眼差しを見た母親は、涙を拭い、隣の襖を開けた。そこには、物言わぬ与吉が眠っていたので、左近は膝をついて手を合わせた。

仏壇の引き出しから取り出した証文を手にした母親が、与吉を背にして座り、左近に差し出す。

受け取った左近は、その場で目を通した。

「ご亭主一代限りとは、どこにも記されておらぬな」

「こんな物、今となってはただの紙切れですよ。なんの役にも立ちゃしない」

「何ゆえ、大切に取っているのだ」

左近に問われて、母親は顔を背《そむ》けた。

たまりかねたように現れた妹のおせいが、左近に言う。

「おっかさんは、ほんとうはあきらめていないんです。この証文を持って、お上に直訴《じきそ》しようとしていたのですが、その前に兄さんが、早まったことをしたんです」

「そうであったか。この証文を預からせてもらうぞ」

母親がふたたび驚いた。

「何をする気だい」

「悪いようにはせぬ」

左近は証文を懐《ふところ》に収めて立ち上がった。

「ご亭主と与吉の無念は、おれが晴らす」

不思議そうな顔をする母親とおせいにうなずいた左近は、店から出た。

この時、通りの反対側からこちらの様子をうかがう者がいることに気づいた。

それとなく一瞥すると、町人の身なりをした男が二人、人相の悪い顔で見ていた。

あとから出てきた仙蔵と徳次郎を、左近は谷中とは反対方向に促し、歩きながら教えた。

「見張りがついている。ここは一旦、家に帰ったほうがよさそうだ」

「くそっ」

と吐き捨てた仙蔵が振り向くのと、近づく気配に左近が気づくのが同時だった。

走って追ってきたのは、見張っていた二人組だ。

「おい、徳次郎。こんなところでうろちょろしてないで、早いとこ家に帰ったほうがいいぜ」

声をかけた男が、人を馬鹿にしたような笑みを浮かべた。

もう一人が言う。

「盗っ人とその家族は、罰を受けなきゃな」

楽しげに笑って走り去る二人に、徳次郎は驚愕《きょうがく》し、左近に助けを求める目を向けた。

「旦那、どういうことでしょうか」

「とにかく急いだほうがよさそうだ。まいるぞ」

左近は先に立ち、徳次郎の店に走った。

四

通りに入り、徳次郎の米屋に行くと、武家が使う黒塗りの乗り物と、商家が使う町駕籠《まちかご》が店先に置いてあり、今朝は開いていたはずの表の上げ戸が下ろされていた。

「なんで店を閉めているんだろう」

徳次郎が首をかしげながら、置かれたままになっている乗り物と駕籠を横目に店の前に行き、潜り戸を開けようとしたが開かない。

戸をたたき、わたしだ、徳次郎だ、と声をかけて程なく、心張《しんば》り棒《ぼう》をはずす音がして戸が開き、手代が顔を出した。

「何があったんだい」

徳次郎が訊くと、手代は今にも泣きそうな顔で言う。

「お入りください」

徳次郎をどかせた仙蔵が、声を荒らげる。

「何があったのかと訊いているんだ」

「中で、大角屋さんとお旗本がお待ちです。旦那様、金を盗んだというのは、ほんとうでございますか」

徳次郎は動揺した。

「違う、盗んだんじゃない。おとっつぁんの金を取り返したんだ。おっかさんはどうしている」

「それが……」

口ごもる手代に焦った徳次郎が、中へ入った。

仙蔵に続いて、左近も入る。

米の匂いがする店の奥へ行き、徳次郎と仙蔵を追って板の間に上がり、表の廊下を進む。

客間の前に行った徳次郎が、驚愕の声をあげて尻餅《しりもち》をついた。

左近と仙蔵が行くと、店の奉公人と母親が縄で縛られ、並んで正座させられていた。その奥に、朝右衛門と中年の旗本がいる。

羽織袴《はおりはかま》を着けた旗本は、家来を二人立たせて床几《しようぎ》に腰かけていたが、険しい眼差しを徳次郎に向けた。

その旗本に、朝右衛門が言う。

「坂田様の金を盗んだ者が揃《そろ》いました」

「うむ」

坂田が、家臣に顎を振る。

応じた家臣は、面長の男だ。母親の背後に立ち、抜刀《ばっとう》して刃《やいば》を振り上げ、首を刎《は》ねる構えをした。

「おやめください！」

叫ぶ徳次郎が母親のところに行こうとしたが、もう一人の家来に刀を向けられ、息を呑む。

店の者を見張っていた朝右衛門の手下が、左近を見て坂田に教える。

「お話ししたのは、この浪人です」

「そうか」

坂田が、左近に鋭い眼差しを向ける。

「大角屋の金を持っているのは、貴様だな」

「いかにも」

「では、金を持ってこい。さもなくば、この者どもを大罪人として、わしの手で成敗することになるぞ」

「それは聞けぬ」

「何」

「持ってくれれば、この場で皆の口を封じる魂胆であろう」

坂田は鼻先で笑う。

「はて、どうしてそのような考えになるのかの」

「身に覚えがあろう。与吉を問答無用で殺したのが、その証だ」

「何を申すか。与吉は金を盗んだ大罪人ゆえ、成敗したまでじゃ。しかし、それでは一文の得にもならぬゆえ、考えを改めた。おとなしく返すなら、金を盗んだことは不問にいたそう。皆の命を助けるが、どうじゃ」

仙蔵が声をあげた。

「何をぬかしやがる。あれは元々、親父たちの金だ。親父たちを殺させて偽の証文を作らせたのは、てめぇだな。そうだろう」

「ふん、知らぬことだ」

坂田は仙蔵を相手にせず、左近に迫った。

「どうする。持ってくるのか、こないのか」

「お前たちが取りに来るなら、すべて渡そう」

仙蔵が目を見張った。

「おいお前、用心棒だろう。こいつらの言いなりになるな。たたきのめして、おれたちを助けろ」

「そうしたいところだが、それでは徳次郎の母親が命を落とす」

「くっ」

悔しがる仙蔵に、徳次郎が詫《わ》びた。

「いいこころがけだ」

言った坂田が、立ち上がった。

「金の隠し場所に案内いたせ」

すると、朝右衛門が驚いた。

「坂田様、この者を信用するのですか」

「金さえ戻れば、それでよい。人質として母親を連れていく」

「この場で皆を放してやらぬなら、案内はせぬ」

坂田の顔に怒気《どき》が浮かんだ。

「浪人風情《ふぜい》が、将軍家直参《じきさん》旗本を甘く見るな」

「甘く見ておらぬゆえ、言うておる。金を渡してほしいなら、家来を一人もここへ残すな」

「ふん、よかろう。おい、皆を蔵へ閉じ込めておけ」

応じた家来が皆を立たせると、坂田が厳しい顔で左近に言う。

「約束をたがえた時はここに立ち戻り、皆の命を必ず取る。よいな」

「わかった」

「刀をよこせ」

左近は宝刀安綱と脇差を腰からはずし、坂田の家来に渡した。

徳次郎と仙蔵が最後に蔵へ押し込められ、戸が閉められ、鍵までかけられた。

仙蔵が格子窓越《こうしまど》しに、左近に言う。

「おい、用心棒。お前の肩に、みんなの命がかかってるんだからな。必ず助けろよ」

「案ずるな」

左近はきびすを返した。

家来から鍵を受け取った坂田が、朝右衛門に渡す。

「では、まいろうか」

「はい」

朝右衛門が笑顔で頭を下げ、左近に真顔を向ける。

「くれぐれも、妙な真似《まね》はしないことですぞ」

左近は何も言わず、表に出た。

坂田が乗り物に収まり、朝右衛門は手下に担《かつ》がせる駕籠に乗り、簾《すだれ》を下ろした。

待っていた左近は、皆を連れて通りを歩んで神田川に出ると、川上に歩んだ。

筋違御門《すじかいごもん》を過ぎ、大番所《おおばんしょ》の前を通って昌平橋《しょうへいばし》を渡り、神田明神下《かんだみょうじんした》の通りを抜けて北へ向かった。

湯島天神《ゆしまてんじん》を左に見上げながら切通《きりどおし》を横切り、下谷《したや》の町を抜けて左近が向かったのは、谷中のぼろ屋敷ではない。

「おい、谷中の家ではないのか」

朝右衛門の手下が訊くので、左近は、金は別の場所にあると言い、町家のあいだの道を抜けた。向かったのは、根津の藩邸だ。

道を歩む左近に気づいた門番が駆け寄ろうとしたので、左近は手下どもにわからぬよう小さく首を横に振り、目顔で制した。

察した門番は、何ごともなかったように道へ歩み出て、ごみを拾うふりをした。

左近は歩を速めて一行から離れ、門番に歩み寄ると、小声で何ごとかを命じた。

そしてその場から走り去った。

「おい、待たぬか」

坂田の家来が追おうとしたが、門番が六尺棒《ろくしゃくぼう》で行く手を塞ぎ、「お出ませい！」

門の番所に向かって、声を張り上げた。

すぐさま脇門が開けられ、藩士たちが出てきたので、坂田の家来たちはたじろいだ。

「前園《まえぞの》、何ごとだ」

乗り物の戸を開けた坂田が顔を出すと、そばにいた面長の家臣が答える。

「浪人が門番に何か告げたらしく、行く手を阻《はば》まれております」

「なんじゃと。ここはどなたの屋敷だ」

「それがしは、このあたりに来たことがありませぬのでわかりませぬが、門構えからして、それなりのご身分の方のお屋敷ではないかと」

「浪人はどうした」

「逃げました」

「馬鹿者。なぜ追わぬ」

「押し通るのはまずいかと」

「わしは直参旗本ぞ。構わぬ、道を空けさせろ」

「はは」

前園は坂田から離れて、前に出た。

「我らは怪《あや》しい者ではござらぬ。お通し願いたい」

藩士たちは聞かず、一行を取り囲んだ。

油断なく身構える姿に、前園は焦りの表情で言う。

「先ほどの浪人が何を言うたか知らぬが、信じてはならぬ。あ奴は盗っ人だ」

「黙れ！」

門番が怒鳴った。

「嘘ではない。我らは盗っ人から金を取り戻しに行くところにござる。通していただく」

押し通ろうとしたが、藩士たちは道を譲らない。

門番が組頭《くみがしら》のそばに行き、耳打ちした。

左近の命だと知った組頭が目を見張り、うなずく。そして、厳しい眼差しを前園に向けて告げる。

「申し開きは、藩邸内でしていただく。入られよ」

「待たれよ。我があるじは将軍家直参旗本、坂田時宗《ときむね》でござる。怪しい者ではござらぬ」

そこへ雨宮真之丞《あめみやしんのじよう》が現れ、前園に歩み寄った。

「甲府藩士の雨宮と申します」

「こ、甲府——」

前園は驚き、門を見上げた。

将軍家に次ぐ家柄の大名の屋敷と知り、前園は顔色を変えた。振り向くと、坂田は目を見張り、駕籠から出ていた朝右衛門は、不安そうにしている。

雨宮が言う。

「近頃、このあたりを怪しい者がうろついており、警固《けいご》を厳しくしております。念のため、調べさせていただきますので、お入りください」

「いや、我らは怪しい者ではない」

「我が殿の命でございますので、拒《こば》まれますと、あとあと面倒なことになりますぞ」

雨宮に睨まれて、前園は顔を背け、坂田のもとへ戻った。

「斬り抜けますか」

小声だが、坂田は慌てた。

「たわけ。言うとおりにいたせ」

「はは」

立ち上がった前園は、雨宮に頭を下げた。

「従います」

雨宮はうなずき、大声をあげた。

「門を開けよ」

閂《かんぬき》がはずされ、表門の大扉が開けられる。

旗本の坂田は、乗り物に収まったまま門を潜ることを許されたが、朝右衛門は駕籠から下ろされ、脇門を潜った。

乗り物の中から藩邸内を見ていた坂田は、舌打ちをする。

「面倒なことになった。浪人め、ここを出たらどうしてくれようか」

左近を浪人と信じて疑わない坂田は、恨みごとを念仏のように口走り、爪を嚙《か》んだ。

五

一行は、腰の大刀を甲府藩士に預けさせられたあとに、御殿の庭に連れてこられた。

町人の朝右衛門は庭の筵《むしろ》の上に座らされ、坂田は大広間に入ることは許されず、部屋の前の大廊下で控えさせられた。

これから現れる相手が徳川綱豊だけに、坂田は神妙な顔をして、濡《ぬ》れ縁《えん》の下で片膝をついている前園に言う。

「よいか、決して粗相《そそう》のないようにな。大角屋にも、きつく言うておけ」

応じた前園が、朝右衛門のそばに行って告げた。

朝右衛門と手下たちは、前園の指示にうなずき、神妙にしている。

「元の場所に控えられよ」

藩士に言われ、前園はおとなしく従った。

程なくして廊下の奥から間部が現れ、大広間の下座まで来ると、庭に向かって正座した。

「それがしは間部と申します。殿にお会いいただく前に、二、三ほど、お尋ねいたします」

坂田はここぞとばかりに言う。

「いや、待たれよ間部殿。それがしは八百石の旗本。盗っ人に荷担《かたん》する浪人に騙され、甲州様のお屋敷まで連れてこられたのでござる。甲州様からお調べを受けるような怪しい者ではござらぬので、さようお伝え願いたい。盗っ人を追わねばならぬゆえ、これにてごめんつかまつる」

立とうとした坂田に、間部が言う。

「殿がお出ましになられますので、お控えあれ」

その声と共に、上段の間の奥の襖が開いた。

坂田は、将軍家に次ぐ身分の綱豊と目を合わせてはならぬとばかりに、慌てて平身低頭《へいしんていとう》する。

あるじに倣《なら》って前園も濡れ縁の下でひれ伏し、朝右衛門と手下たちも、海老《えび》のように背中を丸めて頭を下げた。

甲府藩主の身なりに着替えた左近が座るが、御簾《みす》を下げさせているので、坂田から顔は見えない。

坂田はひれ伏したまま告げた。

「甲州様には、ご機嫌麗《うるわ》しゅう存じまする。お初に御意《ぎょい》を得ますそれがしは、直参旗本八百石、坂田時宗でございます。以後、お見知りおきのほどを」

左近は応《こた》えない。

坂田の態度を見て、とんでもないことになったと思ったのか、筵に座る朝右衛門は、震えが止まらなくなっている。

間部の背後に現れた小五郎が、与吉を斬ったのは、濡れ縁の下に控えている男だと教えた。

うなずいた間部は、頭を下げたままの前園に、厳しい眼差しを向ける。

「坂田殿、実は貴公らを屋敷に入れたのは、わけあってのことにござる」

「それは、なんでございましょう」

「赤松屋の息子与吉殺しのことで、殿が貴公を不審に思うておられます」

坂田は動揺したが、それは一瞬のことだ。

「それがしには、関わりのないこと。寝耳に水でござる」

とぼける坂田に、間部は疑う眼差しを向ける。

「庭に控えるご家来に与吉を殺させたのは、何ゆえでござる」

家来を指した厳しい追及に、坂田は真っ青な顔をしている。

「わ、わしは、何も知らぬ」

間部は小五郎に顔を向けた。

うなずいた小五郎が、濡れ縁に歩み出る。

「あの夜以来だな」

そう言われて顔を上げた前園が目を見張り、すぐに顔を背けた。

間部が言う。

「坂田殿、言い逃れはできませぬぞ。与吉を殺めたのは、大角屋が騙し取った金を奪われた腹いせ、いや、金を返さぬために偽の証文を作り、父親たちを殺めたことを疑われるのを恐れて、口を封じられたか」

「知らん」

顔を背ける坂田から目を転じた間部は、庭にいる朝右衛門に訊く。

「大角屋、どうなのだ。仙蔵や徳次郎の親だけでなく、多くの商家を騙して大金を集め、己の物にしたであろう」

「ち、違います」

朝右衛門が声をあげた。

「預かった金は、一代限りという約束でございました。このことは、南町奉行所を通して、解決しております。証文もちゃんとございます」

「さよう」

坂田が言った。

「すでに片がついたことに、何ゆえ首を突っ込まれる。さては、先ほどの浪人に何か言われましたな。そうでござろう」

「いかにもそうだ。これを預かっている」

間部は懐から証文を取り出し、坂田に見せた。

「これは……」

「さよう。浪人者が、与吉の母御《ははご》から預かった物だ。南町奉行所は何を根拠に大角屋の証文を本物と定めたのかと、殿はお疑いだ。後日、今一度吟味《ぎんみ》するようお命じになられるおつもりだが、ここで罪を認めるなら、お慈悲《じひ》がございますぞ」

坂田は、決して上段の間を見ようとはしない。目を泳がせながらも、強気な口調で間部に言う。

「甲州様ともあろうお方が、町人の小倅《こせがれ》に雇われた浪人者の嘘に振り回されては困りますぞ。間部殿、これこそが偽物でござる。南町奉行所がくだしたご裁定が正しいのです。先ほども申したとおり、それがしは盗っ人一味の浪人を追わねばなりませぬ。お解き放ちくだされ」

「………」

口を閉ざす間部を見て、坂田は自信を取り戻したようだ。御簾《みす》の奥に座る左近に膝を転じ、頭を下げて言う。

「甲州様、今日のことは上様にはお伝えしませぬので、ご安心を。では、これにてごめんつかまつりまする」

「間部」

左近の声に、間部が膝を転じる。

「御簾を上げよ」

「はは」

間部と小姓《こしょう》が大広間を進み、御簾を上げはじめると、坂田はふたたび平身低頭した。

「坂田、面《おもて》を上げよ」

「ははあ」

だが坂田は、将軍綱吉にあいさつをする時と同じように、頭をわずかに上げただけで、決して顔を見ようとはしない。

これは、日頃めったに将軍に会えぬ諸大名と旗本がする作法のひとつで、罪を恐れてのことではない。

「坂田、余の顔を見よ」

「滅相《めっそう》もございませぬ」

「構わぬ。面を上げよ」

「………」

坂田は、ようやく顔を上げた。

上目遣《うわめづか》いに左近を見るなり、驚愕する。

「おれがわかるな」

「ま、まさか」

「さよう。お前が追おうとしている浪人だ」

左近が立ち上がると、真っ青な顔をした坂田は這うようにして廊下を下がり、庭に転げ落ちた。

助け起こした前園が、

「いかがなされましたか」

と訊くと、坂田は悲痛な顔を向けた。

「しまいじゃ。わしは終わった」

　廊下に歩み出た左近を見た前園が、息を吞む。

「貴様たちの申し開き、この綱豊には通らぬ。大角屋朝右衛門」

「ひっ」

「金欲しさに偽の証文を作り、仙蔵たちの父親を殺させたのは、貴様の浅知恵か」

「ち、違います。坂田様でございます」

「黙れ、大角屋。騙そうと言うてきたのは、お前ではないか」

「殺そうと言われたのは、坂田様ではございませぬか。甲州様、すべてお話しいたします」

　罪をあるじに押しつけて逃れようとする朝右衛門を睨んだ前園が、脇差を抜いて斬りかかろうとしたのだが、察した小五郎が手裏剣を投げ打ち、手の甲に突き刺さった。

「くっ」

　苦痛の声をあげた前園は怯《ひる》んだ。

　だが、脇差を左手に持ち替えて、朝右衛門を斬ろうとした。そこへ左近の小姓たちが飛びかかり、脇差を奪って押さえつけた。

「離せ、離せ」

往生際《おうじょうぎわ》の悪い前園であるが、小姓に脇差の柄頭《つかがしら》で後頭部を打たれ、気絶した。

朝右衛門の手下たちは、甲府藩士に囲まれて縮み上がっている。

大廊下に立つ左近の前に雨宮が現れ、坂田の家来から取り返した宝刀安綱を差し出す。

左近が受け取ると、坂田は手討ちにされると思ったらしく、頭を地面に擦りつけて命《いのち》乞《ご》いをした。

左近は坂田を見下ろしながら言う。

「貴様の悪事は、上様のお耳に入れる。厳しい沙汰《さた》があるものと覚悟いたせ」

額を地面につけて呻く坂田は、藩士たちによって連れていかれた。

「朝右衛門」

「ははあ」

「お前のことは、北町奉行所に引き渡す。南町奉行所では、誰が荷担したのだ」

「…………」

「申せ！」

「よ、与力の先崎《せんざき》様でございます」

「今申した与力のことを含め、悪事を包み隠さず話して騙し取った金を返すと申すなら、罪一等を減じるよう、余から北町奉行へ話をつけるがどうじゃ」

「仰《おお》せのとおりにいたしますが、金のほうは、どうにもなりませぬ。あの二千両が残りすべてでございます。ほとんど、坂田様の手に渡っております」

泣き崩れる朝右衛門の姿は、嘘を言っているようには見えなかった。

左近はひとつ長い息を吐き、小五郎に顔を向ける。そして、店の蔵に閉じ込められている者たちを助けるよう命じた。

うなずいた小五郎が、朝右衛門と手下たちを立たせ、北町奉行所へ連れていった。

六

北町奉行所に連れていかれた朝右衛門は、左近との約束どおりすべてを白状し、坂田の一連の悪事が露わになった。

朝右衛門は、初めは金を奪う気はなく、大名貸しをして得た利息を分配していたのだが、借財をしていた坂田に誘われて、こたびの悪事に手を染めていたのだ。

金に目がくらみ、偽の証文を本物とした南町奉行所の先崎は、悪事が露見したその日のうちに十手を取り上げられ、お役御免となった。

左近の報告を受けた綱吉は、坂田が商家のあるじたちと与吉を殺めさせたことに激怒し、

「余の祈念が水の泡じゃ」

と、殺生御法度《せっしょうごはっと》の令を旗本が破ったことに、過敏に反応した。

だが綱吉は、自ら厳罰をくだすことはしない。

綱吉にかわって、坂田の切腹を老中に促したのは、側近の柳沢保明《やなぎさわやすあき》だった。

老中に会おうとしない綱吉の言葉を伝える役目を帯びている柳沢は、次第に力を増している。

柳沢の言葉は、綱吉の意思と言っていいほどになり、老中たちは皆、目下の柳沢に気を使うようになりつつある。

江戸城の内情はともかく、事件を落着させた左近は、三日後に仙蔵たちをぼろ屋敷に呼び、金を返した。

仙蔵が、与吉の店は、父親の遠縁に当たる商家から妹に婿《むこ》を取ることになったと教え、ひと安心だと笑ったので、左近は安堵《あんど》した。

徳次郎が不思議そうな顔で訊く。

「旦那はあのあと、旗本を一人で打ち負かして捕らえたのですか」

左近は身分を明かすわけにもいかず、

「まあ、そんなところだ」

と、ごまかした。

二千両を返した左近は、礼を言って帰る二人を表まで見送った。

徳次郎の店の者が引く千両箱を載せた荷車が動きはじめると、仙蔵がきびすを返して歩み寄る。

「謝礼を忘れていた」

紙に包んだ小判を差し出されて、左近は首を横に振る。

「金はいらぬ。足りぬぶんの足しにしてくれ」

「そうはいかないよ。受け取ってくれ」

仙蔵は左近に押しつけた。

「では、いただいておこう」

「これからは、真面目に働く。気が向いたら店に寄ってくれ。あんたと酒を飲みたい」

「うむ」

「それじゃ」

笑顔で頭を下げた仙蔵が荷車を追って西に走り、坂をくだっていった。

「町人をお見送りとは、物好きなお方ですね」

背後でした声に左近が振り向くと、頰被《ほおかぶ》りをした美しい女がいた。声は穏やかだが、顔は笑っていない。

左近は誰かわからず、戸惑った顔をしていると、女はしなを作った。

「申し遅れました。京橋の中屋仁右衛門の妻、百合でございます」

「お琴から名は聞いている」

「では、お誘いしていることもご存じで」

「うむ」

百合は通りを見回し、西の坂を上がってきた男を気にしているようだ。

「中に入られるか」

左近は先に入り、ぼろ屋敷に招き入れた。

百合を客間に座らせ、用件を訊く。

すると百合は、頰被りを取って居住まいを正し、左近に両手をついた。

「甲州様、お願いでございます。お琴ちゃんを苦しめるのは、おやめになってくださいまし」

左近は、正体を知られていることに驚いた。

「おれのことを、お琴から聞いたのか」

「いいえ。ご無礼ながら、店の者に言いつけて、新見左近様を調べさせていただきましたところ、根津の屋敷にこっそり出入りされているご様子を聞き、ご身分を察しました。今のお答えようで、わたしの思ったとおり、甲州様だとはっきりわかりました」

——してやられた。

困った左近は百合から目線をそらして、指の先で頰をかいた。

「ご安心ください。他言は決していたしませぬ。そのかわり、お琴ちゃんを苦しめないでください。甲州様も、気づいておられるはずです」

「京へ行くことか」

「はい。わたくしも同業の者として、お琴ちゃんの顔を見ればわかります。口では拒んでおりますが、胸の内では、京へ行きたいと思っているはずです」

「おれのせいで、我慢をしていると言われるか」

「違いますか」

まっすぐな目で見つめられて、左近は返す言葉がない。

薄々、そう思っていたからだ。

その気持ちを察したらしく、百合は膝を進めた。

「お手討ちを覚悟で申し上げます。甲州様は、わたしども庶民から見れば雲の上のお方。すでにご正室もおられましょう。これから先、お琴ちゃんをどうなさるおつもりですか」

側室を望んでいるが断られている、と言えるはずもない。

「お琴は、今のままがよいと申しておる」

「妾《めかけ》として三島屋に留め置いたまま、たった一度の人生を終えさせるおつもりですか」

「妾とは思うておらぬ。無礼を申すな」

「申しわけございません。ただ、これだけは言わせていただきます。お琴ちゃんが無理をしているようにしか、わたしには見えないのです」

「そなたの目からも、そう見えるのか」

「見えます」

左近は困惑した。

「そなたが申すとおり、お琴は無理をしているのだろうか」

「お琴ちゃんはまだ若いので、本心に気づいていないのでしょう。今は、甲州様とお会いできるだけでいいと思っているかもしれませんが、年を取った時に後悔するのは、おなごのほうなのです」

「……………」

「夫婦になれないのなら、いえ、お琴ちゃんの幸せを想われますなら、どうか、わたしに預けていただけませんか。お琴ちゃんは、京に行けば幸せになれます。いえ、わたしが必ず幸せにしますから、どうか……」

懇願されて、左近は言葉を失った。

百合は、すがるような顔をした。

「甲州様はご身分のあるお方。お一人の想いだけでは、どうにもならぬことがおありかとお察しします。ですが、好いた相手の幸せを願うのも、まことの愛情ではございませぬか」

左近は、笑みを浮かべた。

「そなたの言うとおりだ」

「では、お預けいただけますか」

「それは、おれには決められぬ。お琴が望むなら、止めはしない」

百合は、安堵の息を吐いた。

「さすがは甲州様。今のお言葉、お琴ちゃんにお伝えしてもよろしゅうございますか」

「構わぬ」

笑顔でうなずいた百合は、突然押しかけたことの非礼を詫びて、帰っていった。

一人残った左近は、庭に立ち、お琴を想った。

京へ行くかもしれぬと思うと、胸が締めつけられる。

左近はこの時ほど、己の身分を呪《のろ》ったことはない。

そういう気持ちになった自分に驚き、呪ったところでどうすることもできぬことに、半ば呆然《ぼうぜん》として、縁側に腰かけた。

混乱する中で、ふとこころに響いた言葉が、自然に声となる。

「お琴の幸せを願うのも、まことの愛情か」

左近は日が暮れても、その場を動けずにいた。

第三話　片腕の剣客

一

重陽《ちょうよう》の節句《せっく》（九月九日）を迎え、根津の甲府藩邸では、庭の番人である山川《やまかわ》老人が育てた菊《きく》が、赤紫、桃、黄、白の花を開き、景色を華《はな》やかにしている。

白髪の山川は、優しい表情で菊の世話をしているのだが、ふと思い出したように顔を上げて、案じる面持《おもも》ちを御殿に向けた。

その眼差しの先には、自室に籠《こ》もり、文机《ふづくえ》に向かって書類に目を通す新見左近がいる。

部屋の下座に控えている間部詮房が庭に振り向いたので、山川老人は小さく頭を下げ、菊の世話に戻った。

水やりを終えた山川老人は、表の庭に行こうと歩みを進めたのだが、裏庭の片隅に目をとめて立ち止まった。

そこには、左近が市中へくだる時に使う抜け穴が隠された建物があるのだが、そこの番人をしている山川老人は、夏の盛りに左近が戻った時のことを忘れられずにいる。

左近が谷中のぼろ屋敷で、お琴について百合と話したあとのことだが、何も知らぬ山川は、その日から今日まで、左近が一度も抜け穴を使っていないので、案じているのだ。

それは、左近のそばで仕《つか》える間部と雨宮真之丞も同じだった。

書類を受け取りに来た雨宮は、下座で控えたのだが、朝から三刻（約六時間）のあいだ、ろくに休まず集中している左近の様子に、心配そうな顔を間部に向けて小声で言う。

「毎日これでは、身が持たないのではないでしょうか」

間部は顔を向けたが、何も言わずに、左近に眼差しを戻す。

雨宮は顔を近づけて、さらに声音《こわね》を下げた。

「書類が溜《た》まらないのはありがたいことなのですが、登城される時しか屋敷を出られないのは、やはりお琴様と、何かおありになったのでしょうか。家中の者が、そう噂《うわさ》をしております」

「…………」

「間部殿？」

顔をのぞき込む雨宮に眼差しを向けた間部が、わたしに訊《き》くなという表情をして、正面を向いた。

皆が案じているとは思いもしない左近は、最後の書類に目を通し終え、花押《かおう》を記して筆を置き、下座に顔を向けた。

察した間部が歩み寄り、書類を引き取って、居住まいを正す。

「お疲れ様でございました。これで、今月の書類はすべて揃《そろ》いました」

わずか十日ほどでひと月分の仕事を終えたのは、量が少ないからではなく、お琴のことを考えぬために、没頭《ぼっとう》していたからだ。

もう書類がないと言われて、左近は困り顔をした。

「来月のぶんをすませよう」

すると間部が、呆《あき》れた顔をする。

「ご重役方がまだ合議をされておりませぬので、手元にございませぬ」

「そうか」

左近は表情をゆるめて立ち上がり、廊下に向かって歩んだ。

膝《ひざ》を転じて頭を下げる雨宮が、おそれながら、と口を開いたが、左近が立ち止まると遠慮して、次の言葉を呑《の》み込んだ。

「真之丞、いかがした」

「いえ、なんでもございませぬ」

「構わぬ。思うていることを申せ」

では、と言った雨宮が、左近に顔を上げた。

「近頃市中へお出かけになられませぬのは、お琴様と喧嘩《けんか》をされたからですか」

ためらいながらも思いをぶつける雨宮に、左近は微笑《ほほえ》んだだけで答えない。

廊下に立ち、長い息を吐いた。

「菊が見事だな」

「殿――」

なおも訊こうとする雨宮の肩を間部がつかみ、首を横に振る。

応じて控えた雨宮に書類を持たせた間部は、左近に言う。

「しばらく書類は出ませぬので、ごゆるりとお過ごしください。では」

頭を下げ、仕事に戻る間部と雨宮に眼差しを向けた左近は、庭に出て弓を手にした。

ここ数日は、書類仕事の合間に息抜きを兼ねて、弓術《きゅうじゅつ》の鍛錬《たんれん》を重ねているのだ。

片肌を脱ぎ、大弓に矢を番《つが》えて引き絞《しぼ》り、狙いを定めて射《い》る。

矢が空気を切って走り、的《まと》に突き刺さる。

二本目を射ようとした時、ふとお琴のことで迫る百合の顔が脳裏《のうり》をかすめた。

放たれた矢は的を大きくはずれて、庭の森へ吸い込まれていく。

乱れた気持ちを落ち着かせるために目を閉じ、三本目の矢を番えた時、菊の鉢《はち》が並ぶ背後に気配を察して、弓を下ろした。

「かえでか」

「はい」

振り向くと、かえでが頭を下げた。

「いかがした」

「殿にお伝えしなければと思い、まいりました」

「お琴のことか」

「はい」

左近は弓を置き、着物を整えて濡《ぬ》れ縁《えん》に腰かけた。

歩み寄ったかえでが、遠慮がちな態度で言う。

「お琴様が、殿のことを案じておられます。浅草にくだられぬのは、何ゆえでございますか」

「藩主としての役目が溜まっていたのだ」

「まことでございますか」

「………」

左近が眼差しを向けると、かえではうつむいた。

「ご無礼を承知で申し上げます。お琴様に遠慮なされているのは、百合というおなごのせいでございますか」

左近は苦笑いをした。

「そなたの言うとおりかもしれぬ」

かえではちらりと目を合わせて、不機嫌な顔をした。

「今すぐ、お琴様のもとへお出かけください。殿にお会いしたいと、わたしに申されました。百合は、殿がおくだりにならないのをよいことに、近頃は毎日のように誘いに来ております。お琴様は断り続けておられますが、百合はこともあろうに、殿がお見えにならないのは飽きられたからだ、などと申しております。何も知らないくせに、腹の立つ……」

いつもは冷静なかえでが感情を露《あら》わにしたので、左近は驚いた。

「百合殿は何もかも知ったうえで、お琴を誘っておるのだ」

かえでが目を見開いた。

「殿の正体を、知っているのですか」

「うむ。大店《おおだな》を切り回しているだけあり、手厳しいことを言われた。今のままで、お琴はほんとうに幸せなのだろうかと考えているうちに、足が遠のいてしまったのだ」

「殿は、お琴様のお気持ちが信じられぬのですか」

「余《よ》を想うてくれているのは信じている。だが、百合が申すことも、もっともだと思うたのだ。余が甲府藩主でいる限り、お琴と添い遂《と》げることはできぬ」

「…………」

「かえで、女の幸せとはなんだ」

「百合に、言われたのですか」

「うむ。お琴は今のままで、十年後、二十年後も幸せでいられると思うか」

「それは、わかりませぬ。ですが、今はお幸せのはずです」

「ほんとうにそうだろうか。そなたは今、お琴が余に会いたがっていると申したが、いつ来るともわからぬ者を待つのは、辛《つら》いはずだ」

かえでは、迫るような顔をした。

「もしや、このままお会いにならぬおつもりですか」

「どうしたらよいか、わからぬのだ」

「百合は、お琴様が欲しいばかりに、女の幸せなどと浅はかなことを申して、殿を惑わせているのです。わたしが申し上げるのもおこがましいことですが、幸せというのは、人それぞれで違うものかと存じます。お琴様は、今こうしているあいだも、殿をずっと待っておられます。愛《いと》しいと思わなければ、待ちはしませぬ。殿のことを案じ、お会いしたいと願われたのが、お琴様のまことの想いではないでしょうか」

左近は、目の前の霧《きり》が晴れたような気がした。

「そなたの言うとおりだ。助かったぞ、かえで」

「いえ」

「支度をしてまいる」

「はは」

きびすを返す左近に、かえでは、ほっとした笑みを浮かべた。

着替えをすませて宝刀安綱を腰に帯《お》びた左近は、裏庭に出た。

藤色の袷《あわせ》の着流し姿を見た山川老人が、ほうきを持ったまま庭を駆け、抜け穴がある建物の入口で待ち受けた。

「ご苦労」

左近が声をかけると、山川老人は目尻を下げ、

「ごゆるりと」

声をはずませて、白髪頭を下げた。

うむ、と笑顔で応じた左近は抜け穴に入り、藩邸の土塀《どべい》と細い道を隔《へだ》てた先にある町家の、表座敷の床下から出た。

この場所を百合に知られたのは、迂闊《うかつ》としか言いようがない。

人を置いていないので、探ろうと思えば勝手に入ることができ、抜け穴の先にある藩邸内には入れないものの、どこに繋《つな》がっているかはわかるのだ。

表の戸を開けて外へ出た左近は、日暮れ時の町を歩んで谷中に向かい、不忍池のほとりを通って浅草に行った。

花川戸町の表通りに入り、三島屋の前に着いた時には、すっかり日が暮れていた。店は上げ戸が下ろされている。通りには、吉原《よしわら》方面へ向かう町駕籠《まちかご》と男たち

が増えているようだ。

左近は路地に入って裏に回り、木戸を開けて庭に足を踏み入れた。

居間には明かりがついていたが、お琴の姿はなかった。

台所から話し声がする。

夏から久しく聞いていないお琴の声に、左近はこころがはずんだ。

藩邸では嗅《か》ぐことのない煮物をこしらえる香りと、米が炊《た》ける匂い。

来なくなって二月《ふたつき》余りのことだが、すべてが懐かしく感じて、気分が落ち着く。

許されるなら、ここでお琴と一生を共にしたい。

そう願っても、どうにもならぬ己の立場に、左近は胸が締めつけられる心持ちとなった。

冷静さを取り戻して静かに縁側に上がると、居間に背を向けて座り、夜空を見上げた。隣の屋根の真上に、大きな月が輝いている。

「ちょいと亭主を呼んできます」

およねの声がして、勝手口を開け閉めする音がした。

裏木戸に向かうおよねは、左近に気づかず出ていき、静かになった。

背後で襖《ふすま》を開ける音がしたので、左近は顔を横に向けた。

膳《ぜん》を置いて襖を開けていたお琴が、縁側にいる左近に気づき、見る間に目を潤《うる》ませる。咄嗟《とっさ》に、涙を見せまいとして顔を背《そむ》けた。

左近は腰を上げて歩み寄り、お琴を背後から抱き寄せた。かける言葉は思いつかずとも、きつく抱きしめる。

左近の気持ちに応《こた》えるように、お琴も腕に添える手に、力を込めた。

「かえでから聞いた。すまぬ」

「………」

お琴は何も言わず、首を横に振る。

「百合殿からそなたの幸せを問われて、こころが揺らいだのだ」

「もう何も、おっしゃらないで。こうしてお会いできて、わたしは幸せです」

「お琴」

左近は、安堵《あんど》して目を閉じた。

庭が騒がしくなったので、左近とお琴は離れた。

涙を拭《ぬぐ》って膳を持ったお琴が居間に入るのと、権八夫婦が顔を見せるのが同時だった。

「お琴ちゃん、今夜もご相伴《しょうばん》に――」

景気よく声をかけた権八が、居間の奥に左近がいるのに気づいて、あっ、と声をあげて指差した。

「左近の旦那じゃござんせんか」

言ったそばから、笑顔になった。

およねも明るい顔をして、

「おかみさん、よかったですね」

と言い、権八の手を引く。

「お邪魔だから帰るよ」

「ええっ！」

「ええっ、じゃないの」

帰ろうとするおよねを、左近が止めた。

「よいではないか。久々に来たのだ」

「そうですか。それじゃ、お言葉に甘えて」

遠慮がちなおよねであったが、食事がはじまるといつもの調子に戻り、にぎやかな夕餉《ゆうげ》となった。

左近はこの夜、お琴と共に過ごした。

かえでから聞いたように、お琴は左近に飽きられたと思い込んでいたらしく、遠慮をしていたのだが、谷中のぼろ屋敷で百合に会い、話したことを包み隠さず教えると、安堵して涙を流した。

「もう泣くな」

左近はお琴の頬《ほお》を拭い、引き寄せた。

「百合殿は、おれの正体を知っている。いずれ、およねの耳にも入るかもしれぬが、黙っていたことを怒るだろうな」

「わたしが百合さんに口止めをしておきます。もう来ないよう頼みますので、大丈夫です」

「京のことは、よいのか」

「それは言わぬ約束にしてください。わたしは、今のままが幸せなのですから。この先も、気持ちは変わりません」

「あいわかった」

左近はお琴の手をにぎり、そのまま眠りに就《つ》いた。

翌日の昼前になって、百合は三島屋にやってきた。

「今日こそは、いいお返事をもらいますよ」

店に入ってお琴の顔を見るなり、あいさつもそこそこに迫った百合だったが、帳場の奥に左近がいるのを見て、あからさまに不機嫌な顔をした。

お琴がおよねに気を使い、百合を表に誘い出した。

「お琴ちゃん、いいように遊ばれるだけよ」

「そのような言い方、おやめください」

「だって、あの人は――」

「わかっています。ご身分のことは、わたししか知りませんので、およねさんには言わないでください。そして、もう来ないで」

百合はお琴の肩をつかんだ。

「目をさまして、お琴ちゃん。このままでいいわけないわ。若い時はいいけれど、年を取ったら寂しい思いをするだけよ。ね、わかって。わたしと京に行きましょう。そこで、もっと幸せになるの」

「何度も言わせないでください。わたしは、今のままでいいんです」

お琴は手を振り払い、頭を下げて店に入った。

案じる眼差しを向けた百合は、三島屋の看板を見上げた。

手代の若い男が歩み寄る。

「おかみさん、あまりしつこくされますと、嫌われますよ」

百合は不機嫌な顔を向けた。

「新吉《しんきち》、生意気なこと言うんじゃないよ」

「申しわけございません」

「わたしは、あの子がうんと言うまであきらめないわよ」

「はい。承知しております」

「だったら黙っていなさい」

前垂れに手を揃える手代から顔を背けた百合は、つんとした面持ちで京橋に帰っていった。

三島屋の戸口で様子を見ていたおよねが、お琴にしかめ面《つら》を向けた。

「また来る気ですよ。塩をまきましょうか」

「そこまでしなくていいわよ。さ、お客さんをお待たせしては悪いわ」

お琴はおよねの背中を押して、仕事に戻った。

明るいお琴に、およねは自然に笑みがこぼれ、客に品物をすすめている。

その様子にひと安心した左近は、襖を閉めて、庭に向かって横になった。

二

間部の言葉に甘えて、しばらくお琴と共に過ごすことにした左近は、十三日の夜を迎えていた。

この日は、八月と同じく月見の宴《うたげ》を開くのが常で、三鳥屋の近所の家からは、月見酒を楽しむにぎやかな声が聞こえている。

左近は、お琴とおよねの三人で縁側に座り、月見を楽しんでいた。

お琴が銚子《ちょうし》の酒を注いでくれながら、左近に言う。

「近いうちに、一日お店を休もうと思っています」

左近は杯《さかずき》を口に運ぶ手を止めて、お琴に顔を向けた。

「では、どこかに出かけるか」

およねがお琴をちらりと見て、左近に言う。

「明後日《あさって》から三日間ほど、近くのお社《やしろ》で縁日がありますから、お二人でお出かけになられたらどうですか。楽しいですよ」

「縁日か、よいな。お琴、行ってみようか」

「はい」

お琴は笑顔でうなずいた。

およねが嬉しそうな顔をする。

「縁結びのご利益《りやく》があるって有名ですから、いいですね。そうだ、夫婦円満の神様でもありますので、お守りを買ってきてくださいな」

左近が笑顔を向けた。

「十分に仲がよいではないか」

およねが、左近の腕を軽くたたいた。

「やだわ、左近様ったら。そう見えます」

「ん？　うむ」

「そうだといいんですけどね、今だってどこをほっつき歩いているんだかわかりゃしない。今朝仕事に出る時、今夜は月見をするから早く帰れって言い聞かせて送り出したのに、糸が切れた凧《たこ》なんですから」

「権八殿のことだ、隣の大将のところで仕事仲間と飲んでいるのだろう」

「見てきましたけど、いやしませんでしたよ。近頃は、よそで飲んで帰ることが増えて困っているんですよ」

「そういえば、おれが久々に来た夜から、顔を見ておらぬな」

「先月から、蔵前の与平治《よへいじ》って棟梁《とうりよう》の世話になっているんですけどね、あそこに変わってから、毎晩のように遅いんです。どこで何をしているんだか」

お琴が驚いた顔をした。

「あら、普請場《ふしんば》が遠いから遅くなるって、この前はそう言ってたじゃないの」

「眉唾物《まゆつばもの》ですよう。白粉臭《おしろいくさ》いところに入り込んでいるならまだましですが、賭《か》けごとにでも誘われていやしないか、心配で……」

「権八殿は、根は真面目な男だ。およね殿を泣かせるような真似《まね》はせぬ」

「あら、左近様、お優しいことを言ってくれるじゃないですか。ささ、もう一杯どうぞ」

噂をしていると、当の権八が景気よく裏木戸を開けて、庭に入ってきた。

酔っているらしく、目が据《す》わり、顎《あご》を突き出した顔に笑みを浮かべて左近を指差すと、

「おっ！　やってますね。お流れをちょうだい」

などと言い、歩もうとしたが、足がもつれて転んだ。

およねが呆れて歩み寄り、腰の帯をつかんでひょいと持ち上げる。でっぷりとした体格だけに、痩《や》せた権八などは子供扱いだ。

「こんなになるまで飲んで、しっかりおしよ」

「わかった。わかったからそう怒るな。旦那に、でぇじな話があるんだ。肩を貸せ」

ほとんど抱きついたかたちで縁側に連れてこられた権八は、左近の前に腰かけると、首をねじ曲げて顔を向けた。

「てぇへんなことがありましたぜ。今しがた、棟梁から聞いたんで」

「何があったのだ」

権八は言いかけて言葉に詰まり、口を手で塞《ふさ》いだかと思うと、急に泣きだした。

先ほどとは打って変わって、ただならぬ様子に、およねが心配する。

「お前さん、いつから泣き上戸《じょうご》になったんだい」

「そうじゃあねえ、旦那の顔を見たら、思い出しちまったんだ」

「いったいどうしたんだい。泣いてちゃわからないよ。言ってごらん」

左近が杯を満たして差し出すと、権八は洟《はな》をすすり上げて受け取り、酒を一息に喉《のど》へ流し込んで、大きな息を吐いてから顔を向けた。

「昨日まで大工仕事に通っていたお旗本の屋敷に、盗っ人が入りましてね、ご当主の秋月《あきづき》様が、殺されちまったんでさ。あっしら職人にも笑顔で接してくださり、毎日のように酒手《さかて》をはずんでくださる、お優しい方でした。どことなく旦那に似ているんで、つい思い出しちまって……」

権八はふたたび洟をすすった。

左近が言う。

「旗本が盗っ人に斬られたとは、由々《ゆゆ》しきことだな。下手人《げしゅにん》はわかっているのか」

「棟梁が言うには、盗っ人は剣の遣《つか》い手《て》らしく、ご家中にも大勢の死人が出たそうです」

「それは、気の毒なことだな」

左近は、権八が返した杯をお琴に差し出して酌《しゃく》をしてもらい、酒を口に流した。

権八が、首をかしげて言う。

「秋月様のような立派なお方が、まんまと盗っ人に入られるってのは、あっしには合点《がてん》がいかないことでさ。ほんとうに盗っ人の仕業《しわざ》ですかね、旦那」

「賊は一人も捕らえておらぬのか」

「そのようですぜ。何せ、相当な剣の達人がいたらしいんで」

「旗本の屋敷に押し入るとは、何かしら理由があってのこととしか思えぬが……」

「盗っ人じゃあないと」

「それはわからぬ」

妙に胸騒ぎがするのは、これまで幾度となく悪事を暴《あば》き、修羅場《しゅらば》を潜《くぐ》り抜けてきた左近ならではの勘働きと言えよう。

「ちと、用を思い出した」

左近は、一旦戻るとお琴に言って三島屋を出ると、根津の藩邸に急いだ。

抜け穴を使って藩邸に戻り、御殿の自室に入るや、間部を呼んだ。

間部はすぐさま現れ、

「今、使いの者を走らせようとしていたところでございます」

と、珍しく焦《あせ》った様子だ。

「いかがした」

「先ほど上様のご使者がまいられ、御身《おんみ》の回りを警戒されよとのことにございます」

「余の命を狙う者がいるのか」

「尾張《おわり》様に、不穏《ふおん》な動きありとのことです」

「解《げ》せぬ。尾張殿が、何ゆえ余の命を狙う」

「昨夜、旗本の秋月金吾《きんご》殿が屋敷で何者かに襲われて、命を落とされました」

「そのことは聞いた。権八が大工仕事に通っていたらしい」

「何か、申しておりましたか」

「盗っ人の仕業だと申しておった」

間部はうなずき、続ける。

「秋月殿は一刀流《いっとうりゅう》の遣い手で、並の者では敵《かな》わぬほどの腕前だったとか。その達人が、一刀のもとに、首を刎《は》ねられたそうにございます」

「見た者がいたのか」

「生き残った家中の者がおりました。下手人は片腕しかない者でございましたが、恐ろしい剣の遣い手らしく、八名を相手に斬り進み、秋月殿を斬ったそうにございます」

「そのことと、上様が尾張殿を疑われることに関わりがあるのか」

「はい。秋月殿は、尾張藩附家老《つけがろう》の与力となられる矢先のことだったそうにございます」

「附家老の、与力」

左近は思わぬ話に驚き、険しい顔をした。

「上様は、尾張殿の見張り役を増やされようとしておられたのか」

「では上様は、こたびの一件は尾張殿がさせたと、決めつけておられるのか」

「はい。そうお疑いのようです。ゆえに、外を出歩かれる殿を案じておられるのかと」

「そこが解せぬ。余が尾張殿に命を狙われると言うのか」

「理由を訊いたのですが、ご使者は何も知らぬご様子で、とにかく用心するよう申されたのみでございます」

「権八は、盗っ人の仕業と申していたが……」

「家康《いえやす》公より拝領《はいりょう》の太刀《たち》と、小判数百両が盗まれたそうですので、巷《ちまた》では、そうなっているのでしょう」

左近は急に、不安に駆られた。

「尾張殿が絡んでいるとは、にわかには信じがたい。余の知らぬところで、何が起きているのだ」

「例の、お世継ぎの噂のせいかと」

「鶴姫様のことか」

間部は黙ってうなずいた。

　左近は、気が重くなった。

「御三家《ごさんけ》のうち二家のあいだで世継ぎ争いなど、あってはならぬことだ。ひとつ間違えば、天下を揺るがす大乱になりかねぬ」

「それゆえ、殿に目を向けられる方が現れましょう。ご意見番の水戸《みと》の光圀《みつくに》様が、殿を世継ぎに望まれるやもしれませぬ」

「それならば、上様が余に忠告される意味がわかる。困ったことにならなければよいが……」

　左近は廊下に立ち、空を見上げた。

　闇を照らす月に、妙な胸騒ぎが当たらぬことを願うばかりだ。

「間部」

「はい」

「尾張殿を探るべきだと思うか」

　左近の背後に控える間部は、難しい顔をした。

「こればかりは、わかりませぬ。巷の噂どおり、盗っ人の仕業なのかもしれませぬので」

「答えは、片腕の剣客のみが知る……そういうことだな」

間部が、はっとした。

「まさか、下手人を捜すおつもりですか」

「旗本を襲って金品を奪ったのだ、江戸の民も怯《おび》えておろう。それゆえ、見逃すわけにはいかぬ」

「久々にお出かけになられたかと思えば、さっそくこれですか……。たまには放っておかれたらいかがですか。尾張様が関わっておられるとなると、厄介《やっかい》なことに巻き込まれる恐れがございますので」

「尾張殿か……」

左近は考えた。

「殿、たまには、わたしの願いを聞いてください。こたびのことには、関わらぬほうがよい気がいたします」

「何ゆえ止める」

「胸騒ぎがしてなりませぬ。こうしているあいだにも、ただの盗っ人の仕業ではない気がしてまいりました」

「……わかった。今は動くまい」

「今宵《こよい》は、どちらでお過ごしになられますか」

「もう遅いゆえ、外出はせぬ」

「では、女中方に伝えておきます」

間部が去ると、左近は部屋に入り、この夜は藩邸で過ごした。

三

翌朝に藩邸を出た左近は、ふたたびお琴に会いに行くため、浅草へ向かっていた。

谷中に入り、寺町の道に差しかかった。

寺院が集まる道は、左右に山門《さんもん》や土塀が続き、寺に参る者たちや僧侶たちの姿がある。

右手の路地に入る漆喰塀《しっくいべい》の角をまっすぐ通り過ぎた時、左近は視界の端にきらめくものをとらえて、足を止めた。

「やめろ！　やめてくれ」

人の叫び声がしたのは、その時だ。

尻餅《しりもち》をついて命乞《いのちご》いをする侍に、刀の切っ先を向けて迫っていたのは、片腕の男だ。

左近はためらうことなく、止めに向かう。

こちらに背を向けていた片腕の男が気配に気づき、その場を走り去った。

左近にはその者の顔は見えなかったのだが、路地を追った。

左の袖《そで》を揺らして男が曲がった路地に行ったが、そこには姿がない。

ひとつ先の角へ急いで行き、待ち伏せを警戒しながら曲がると、誰もいなかった。逃げられてしまったのだ。

左近はきびすを返し、侍のもとへ戻った。

「磯部《いそべ》、しっかりしろ」

切迫した声が、路地に響く。

斬られて苦しむ者の他に、二人ほど倒れていたので、左近はそちらに向かった。

だが、二人はすでに息絶《いきた》えていた。

近くの満念寺《まんねんじ》という寺の山門に駆け込んだ左近は、境内《けいだい》にいた寺の者に助けを求めて人を連れて戻り、怪我人《けがにん》を運び込んだ。

磯部と呼ばれていた男は、腹を斬られ、額《ひたい》に汗をにじませて苦しんでいる。

寺の者が連れてきた医者が、僧たちに手足を押さえさせ、血止めにかかった。

その甲斐《かい》あってか、治療が終わると、磯部は少し落ち着いたようだ。

片時もそばを離れなかった侍は、医者に呼ばれて廊下に出た。

僧たちがかいがいしく磯部の世話をしてくれているので、左近は安堵して部屋を出て、医者が話を終えるのを待ち、侍に訊いた。

「襲った相手に、心当たりはおありか」

「いや」

神妙な顔で首を横に振った侍は、左近に改めて頭を下げる。

「それがし、直参《じきさん》旗本、黒田一哲《くろだいってつ》と申す。お手をわずらわせました」

「礼には及ばぬ。それより、襲ったのは片腕の男だな」

「そうです」

「まことに、心当たりはないか。あの者、秋月金吾殿を斬った者に違いないのだが」

すると、黒田が目をそらした。

「噂は聞いている。あの者が、秋月殿を……」

「何か、思い出されたか」

ちらりと左近を見ると、黒田は背中を向け、肩越しに言う。

「助けていただいたのはありがたいが、旗本のことには口出しされぬほうがよい」

些少《さしょう》だが、と言って礼金を懐紙《かいし》に包んで渡そうとしたので、左近は断った。

「金などいらぬ」

「さようか。では」

黒田は、話は終わりだと言わんばかりに頭を下げ、磯部がいる部屋に入って障子を閉めた。

関わらぬほうがいい、と言った間部の顔が脳裏に浮かんだ左近は、怪我人を気《き》遣《づか》う黒田を追ってまで問うのをやめ、寺から出た。

お琴のところへ行こうとしたのだが、すぐに足を止めた。

——どうにも気になる。

左近は道を引き返して、根津の藩邸に帰った。

抜け穴から庭に出た左近は、駆け寄ってきた小姓に間部を呼ぶよう命じ、自室に戻った。

着替えを終えて程なく、間部が廊下に現れた。

「殿、お早いお帰りで。何かございましたか」

「うむ」

左近は、黒田が襲われたことを話した。

片腕の剣客が逃げたと聞いて、間部は表情を曇らせる。

「襲われたお方の名は、なんと申されます」

「黒田一哲殿だ」

「黒田……」

間部は心当たりがあるようだ。

「知っておるのか」

「名前だけ存じ上げております。秋月金吾殿と共に、尾張藩に行くことが決まっておられたはずです」

「附家老の与力が二人も狙われるのは、偶然ではあるまい。これで、片腕の剣客がただの物取りではないことが、はっきりした。黒田一哲殿を、ここへ呼んでくれぬか」

「何をなさるおつもりです」

「案ずるな、話を聞くだけだ。寺の者と医者には、他言せぬよう口止めを頼む」

「承知しました」

間部は、仕方ないといった具合に頭を下げ、その場から去った。

黒田が藩邸に来たのは、この日の夕方だ。

徳川綱豊の突然の呼び出しに応じて来た黒田は、通された書院の間で不安そうな顔をしている。

不意に上座に現れた左近を見て、黒田は、

「あなた様は、寺町でお助けくだされた――」

と驚いた顔で言い、羽織《はおり》に刺繡《ししゅう》された葵《あおい》の御紋《ごもん》に、はっと息を吞んだ。

「ま、まさか、甲州様でございましたか」

「先ほどは名乗らず、ご無礼いたした」

「め、滅相《めっそう》もございませぬ。それがしこそ、とんだご無礼をいたしました」

平身低頭《へいしんていとう》する黒田に面《おもて》を上げさせた左近は、磯部の様子を訊《と》いた。

「甲州様にお助けいただいたおかげで一命を取り留め、今は寺で落ち着いております」

「さようか、それはよかった。して、黒田殿」

「はは」

「浪人でなければよかろう。襲ってきた相手に、心当たりはあるか」

「そ、それは……」

「秋月金吾殿のこともある。隠さず話してくれ」

「物取り、ではないかと」

　菩提寺《ぼだいじ》に眠る先祖の墓に参った帰りに、路地の角から現れた曲者《くせもの》に金を出せと言われて拒《こば》むと、相手が先に刀を抜き、斬り合いになったという。

「恐ろしい抜刀術《ばっとうじゅつ》の遣い手で、二人の家来は刀を抜く間もなく、片手斬りで倒されました。お恥ずかしい話ですが、甲州様にお助けいただかなければ、今頃はこの世におりませぬ」

　将軍家直参旗本が物取りに襲われて家来を喪《うしな》ったことが公儀の耳に入れば、ただではすまぬ。

　下手《へた》をすると、改易《かいえき》になることもありうるのだ。

　左近は、黒田を案じて訊きなおした。

「まことに物取りと思うか。命を狙われる覚えはないか」

「物取りとしか、思えませせぬ」

「このままでは、ただではすまぬぞ」

「改易となりましょうか」

「白昼《はくちゅう》のことゆえ、厳しい沙汰《さた》がくだるやもしれぬ」

「一人を相手に何もできず、情けない限りでございます。覚悟はしておりますが、わたしは入《い》り婿《むこ》にございますので、改易となれば、三河《みかわ》より続くお家を潰すことになり、妻になんと詫《わ》びればよいか」

不甲斐《ふがい》ない己に腹が立つと言い、ため息をついて首《こうべ》を垂れたまま、黙り込んでしまった。

「ご公儀には届けたのか」

左近の問いに、黒田はわずかに顔を上げた。目は合わせようとはしない。

「いえ、まだでございます」

「では、黙っておればよい」

黒田は驚いた顔をして、左近と目を合わせた。

「しかし、寺の者と医者の口がございます」

「案ずるな。余の家来が口止めをしておる」

「お見逃しいただけるのでございますか」

「助けたのは浪人の新見左近だ。徳川綱豊ではない」

左近が笑うと、黒田は必死の形相《ぎょうそう》で両手をついた。

「甲州様、ご恩は決して忘れませぬ。これで、お役目も果たせます」

「そのことだ。尾張家附家老の与力に任ぜられたそうだな」

「はい。来月から、市ヶ谷《いちがや》のお屋敷に入ります」

「そのことと、片腕の剣客に襲われたことに関わりがあると思うか」

意外そうな顔をした黒田は、首をひねりながら答える。

「それがしには、思い当たりませぬが」

「市ヶ谷におもむくにあたり、ご公儀から何も命じられてはおらぬのか」

「はい。ただ、五日後に登城を命じられておりますので、あるとすれば、その時にお達しがございましょう」

「では、口止め料のかわりに、命じられたことを余に教えてくれぬか」

「口止め料とは……甲州様も、砕《くだ》けたことをおっしゃいます」

黒田は笑い、快諾《かいだく》した。

「またこちらにおうかがいしても、よろしゅうございますか」

「構わぬ」

「はは。甲州様にお会いできるとは、喜ばしいことにございます。これはまさしく、黒田家にとっては誉《ほま》れ。妻に聞かせてやれば、大喜びしましょう」

「それはよいが、身の回りに気をつけられよ。警固《けいご》の者は何人連れてきている」

「供侍を喪い、用人の磯部は動けませぬので、草履取《ぞうりと》りを一人連れているだけにございます」

「襲われたというのに、不用心な。余が送っていこう」

黒田が目を見開いた。

「それはなりませぬ。甲州様に警固をしていただくなど、罰《ばち》が当たります」

「呼びつけたのは余だ。遠慮はいらぬ」

「いや、しかし……」

「表門で待つがよい」

恐縮する黒田を残して着替えに下がった左近は、いつもの藤色の着物に着替え、安綱を腰に帯びた。

抜け穴から外に出て表門に行くと、黒田は言われたとおりに、門前で待っていた。

警固をしている間部に目配せをした左近は、偶然出会ったように黒田と接して、草履取りの小者を連れて歩みを進めた。

黒田の屋敷は水道橋《すいどうばし》近くにあると言うので、水戸藩中屋敷の塀をぐるりと西へ向かい、駒込追分《こまごめおいわけ》を南にくだって加賀藩《かがはん》の上屋敷前を通り、神田川に出た。

この時には日も落ち、あたりは暗くなっていた。

川下から吹き上がる風が冷たい。

左近たちは川上に歩み、水道橋を渡った。ここまで警戒を怠《おこた》らなかったが、追っ手がついた気配はない。

先に立った黒田は、神田川沿いの稲荷《いなり》の前にある辻《つじ》を曲がり、旗本の屋敷が並ぶ通りへ入った。

稲荷前から数えて八軒目が、黒田の屋敷だ。

小者に耳打ちをして先に走らせた黒田が、門前で左近に振り向き、深々と頭を下げた。

「おかげさまで、無事に帰ることができました。粗茶《そちゃ》を一服さしあげとうございますので、どうぞお立ち寄りください」

「せっかくだが、ここまでといたそう」

遠慮して帰ろうとする左近の前に、黒田が立ちはだかる。

「何とぞ。どうか何とぞ」

必死に頼むので、左近は苦笑いをした。

「では、一杯だけいただこう」

商人のように腰を折って案内する黒田について門を潜った左近は、言われるま

まに、式台をもうけている玄関から上がろうとしたのだが、

「なりませぬ！」

廊下でした声に、足を止めた。

式台の奥から現れたのは、厳しい顔をした三十代の女だ。

「そこは、あるじと身分がおありの方のみが使う場です。お下がりなさい」

気弱そうな黒田とお似合いに見えるのは、権八とおよねを見ているせいだろう。

左近が夫婦だと察したとおり、黒田が妻だと紹介した。

「美恵《みえ》にございます」

「さようか。新見左近と申す」

すると美恵が、いぶかしげな顔をしたので、黒田が慌《あわ》てた。

「そのような顔をするな。命の恩人だ」

美恵は驚き、態度を改めた。

「これはご無礼をいたしました。警固に雇われた者かと思うておりました」

「美恵、ただの命の恩人ではない。こちらのお方は、甲――」

「用心棒にござる」

甲州様と言おうとした声に被《かぶ》せるように左近が言ったので、黒田は見開いた目

を向けた。

「に、新見殿……」

左近は小さく首を横に振り、ご無礼いたしたと言って式台から離れた。

「黒田殿、約束どおり、まずはお茶をいただこう。これからのことは、そこで」

「う、うむ。承知いたした」

たじたじの黒田が式台を下りて、左近と庭へ回ろうとしたのだが、美恵が止めた。

「その前に、甲州様のお呼び出しは、なんでございましたか。まさか、今日のことではございますまいな」

「そのことはあとで話す。今はお茶が先だ」

「恩人にお茶だけでは無礼です。新見殿、すぐに酒肴《しゅこう》を調《ととの》えますので、このままお上がりください」

「いや、それには及ばぬ。すぐに帰らねばならぬのだ」

「そうですか。では、後日改めて」

「うむ」

美恵は頭を下げて、奥へ入った。

「お恥ずかしいところをお見せいたしました。普段は今より、少しは穏やかなのですが……昼間のことで動転《どうてん》し、行く末を案じて気が立っておりまして」

「無理もないことだ。気にするな」

「そうおっしゃっていただけますと、助かります」

庭から客間に案内された左近は、奥にある三畳ほどの茶室に通された。

黒田の茶の腕前は、確かだった。使う茶器も見事な物だが、黒田は決してひけらかすことなく、静かにもてなす。

家来を喪い、こころ穏やかではないはずだが、茶の湯に向かう姿勢は風格があり、人が違ったように見える。

一服頂戴《ちようだい》した左近が、静かに茶碗を差し出し、見事だと褒《ほ》めると、黒田は相好《そうごう》を崩した。

「剣術のほうはからきしで、実の父親からいつも怒鳴られておりましたが、茶の湯だけは、唯一褒めてもらいました。尾張様のもとへ行くのも、わたしの茶を認められたものだとばかり思うておりましたが……秋月殿を殺《あや》めた下手人に狙われたとなると、不安でなりませぬ。何ゆえ、わたしが命を狙われるのでしょうか」

「附家老の与力として尾張家におもむくことを、よく思わぬ者がいるということだ。登城を命じたのは、どなただ」

「柳沢様です」

「なるほど。やはりそうか」

「と、申されますと」

「上様のお世継ぎの噂は知っておるな」

「はい」

「ここだけの話だが、上様は秋月殿を亡き者にしたのは尾張家の陰謀だとお疑いだ。それを見張るのが附家老の本来の役目だが、当代の附家老が、ご公儀ではなく、尾張家側についているとすれば、ご公儀が差し向ける与力を嫌うのもわかる」

黒田は驚いた。

「我らを、附家老殿の行動を見張る者と疑われて、阻止されたと」

「余は、附家老ではなく、尾張家を探らせるために送られると思うておる」

「お、お戯《たわむ》れを。わたしにそのような才覚はございませぬ」

「いや。たった今、余は確信した。そなたの茶の湯の腕が買われたのだ。その腕前があれば、藩侯に気に入られるのは間違いない。そしてそなたの人柄ならば、ご公儀の密命を受けた者とは思われぬゆえ、そこにつけ込もうとしたに違いないのだ。未《いま》だ何も命じられておらぬのは、相手を油断させるための策とも言えよう。まことの任務を告げられるのは、尾張家に入り、藩侯の信頼を得たあとかもしれぬ」

「恐ろしいことです。わたしに、隠密《おんみつ》など務まりませぬ」

「その自信のなさが、時に武器になるのだ」

「無理です。わたしには無理です」

「そう悲観するな。これは、あくまで余の憶測にすぎぬゆえ」

「は、はあ」

黒田は不安そうな顔をする。

「甲州様のおっしゃるとおり、尾張家を探れと命じられた時、わたしはどうすればよろしいでしょうか。五日後の登城の際に、お断りしてもよろしゅうございましょうか」

「目付《めつけ》はできぬと申すのか」

「はい」

「上様は、お許しになられまい。命を狙われたと正直に話すのも、ひとつの手かもしれぬが」

「それでは、改易にされてしまいます。どうか、甲州様のお口添えをいただけませぬか」

「それで免《まぬが》れることができるのならばそうしたいところだが、よほどの理由がない限り、上様は聞いてはくださらぬだろう」

「そうですか」

がっくりと肩を落とした黒田は、長い息を吐いた。

「黒田家の養子となったのが、わたしの定めでございましょう。お家のために、ご公儀の仰《おお》せに従います」

「片腕の剣客は、余が見つけ出す。そして、黒幕がいるなら必ず突き止めるゆえ、藩邸に入っても、無理をせぬことだ。尾張家にとって害のない者だと思われれば、襲われることはあるまい」

「その手がございました。そのようにいたしまする」

黒田が頭を下げたので、左近は立ち上がり、念押しする。

「登城した時、厳しいことを命じられたならば、遠慮せず根津に来るがよい。力になれることとならば、力になろう」

「ははあ」

左近が庭に出ると、廊下に美恵が現れ正座した。どうやら茶室の様子をうかがっていたらしく、神妙な面持ちで両手をついた。

「……甲州様、ご無礼をいたしました。お許しください」

「構わぬ、おれは新見左近だ」

「主人のこと、くれぐれもお願いいたしまする」

悲壮な面持ちは、家のことより、黒田の身を案じているようだ。

そう思った左近は、美恵にうなずき、家紋入りのちょうちんを借りると、藩邸への帰途についた。

夜道を歩んでいた左近は、水戸藩の中屋敷まで帰ったところで、不意に町家の路地に入り、ちょうちんの火を消して走った。

入り組んだ路地を進み、日光御成道《にっこうおなりみち》に出たところで暗がりに隠れていると、一人二人と曲者が現れ、暗い道の北へ目を向けて、南に転じた。

「どっちだ」

「わからぬ」

「くそっ、気づかれたか」

南を指差して行こうとした背後に、左近が歩み出る。

「おれに用か」

声をかけると、二人が身をひるがえした。

覆面を着けた顔は人相が見えないが、たちまち湧《わ》き上がった剣気は、油断ならぬ。

「気の毒だが死んでもらう」

曲者は言うなり、二人同時に抜刀し、斬りかかってきた。

息の合った同時攻撃に、左近は跳びすさるしかない。

地を蹴って下がり、右からの突きをかわした隙《すき》を狙って、左から刃《やいば》が打ち下ろされた。

左近は安綱を抜いて受け流し、刃をひるがえして相手の手首を切断した。

呻《うめ》き声をあげた曲者が、地面に膝をついてうずくまり、苦しんでいる。

もう一人は、仲間が負傷したのに動揺したようだが、それは一瞬のことで、刀を正眼《せいがん》に構えると、気合を発して斬りかかってきた。

左近は太刀筋を見切り、袈裟《けさ》懸《が》けに打ち下ろされた一撃をかわすや、相手の喉元に切っ先をぴたりと寄せた。

「うっ」

目を見開いた曲者が、刀を捨てた。

「ま、待て、斬るな。わしらは、金で頼まれただけだ。恨《うら》みはない」

「にわかには信じられぬ。頼まれたのなら、相手の名を申せ」

「名は知らん。一人五両も出されたら、食い詰め浪人なら乗る。おぬしも浪人ならばわかろう。な、見逃してくれ」

「どこから跡をつけておった」

「旗本の屋敷だ。出たところを斬れと頼まれた。ほんとうだ」

飛翔して迫る物に気づいた左近は、咄嗟に安綱の脇腹で受けた。

地面に落ちたのは、吹き矢だ。

放った者は、商家の屋根にいた。黒装束《くろしょうぞく》の曲者は、布で顔を隠している。長い筒《つつ》を持っていたが、口に当てた。

左近は、ふたたび放たれた吹き矢を斬り飛ばし、商家の軒下《のきした》に隠れた。

そのあいだに、斬りかかってきた曲者が仲間を助け起こして逃げていく。

左近は軒下を移動して追おうとしたが、背後に飛び降りた曲者が、吹き矢を構えた。

その刹那《せつな》、空を切った手裏剣が曲者に迫る。

曲者は、身を横に転じてかわした。

左近を守ったのは、小五郎だ。

曲者と対峙《たいじ》した小五郎は、小太刀《こだち》を抜く。

後退した曲者は、きびすを返して屋根に跳び上がり、夜陰《やいん》に紛《まぎ》れて逃げていった。

小太刀を納《おさ》めた小五郎が、左近に言う。

「曲者は、かえでが追います」

「うむ」

安綱を納刀《のうとう》した左近は、黒田の身を案じて引き返したのだが、屋敷では命を落とした家来の家族が呼ばれ、黒田夫婦が送り出すところだった。

人目を避けているので、より寂しい様子だ。

門内にいる黒田と美恵は、身内の者の手をにぎり、涙ながらに何かを告げている。

身内の者たちは、黒田を慕《した》っているのだろう。恨み言をぶつけることなく、気落ちするあるじ夫婦を逆に励《はげ》ましているようだった。

「小五郎」

「はい」

「配下の者に命じて、黒田殿を密《ひそ》かに守ってくれ」

「承知しました」

小五郎にあとをまかせて、左近は根津の藩邸に帰った。

四

曲者を追ったかえでは、牛込御門《うしごめごもん》前を右に曲がり、善國寺《ぜんこくじ》に向かう神楽坂《かぐらざか》をのぼっていた。

小走りで逃げる曲者は、時折振り向いて後ろを警戒したが、夜目が利くかえでは離れてあとを追っているので、暗闇に紛れ相手からは見えないようだ。

今も、立ち止まって坂下を見ている曲者は、人がいないと思ったらしく、前を向いた。ここまで逃げて油断したのか、歩いて坂をのぼりはじめ、頭に巻いていた布を取った。

長い髪を、団子の形にしている。

「女……」

かえでは独りごちて、歩みを進めた。

女は人気《ひとけ》のない坂をのぼり、善國寺の手前にある辻番の明かりが届く前に、左の路地へ入った。

駆けのぼったかえでは、商家の角に背をつけて、顔をのぞかせる。

すると、女は近くにいた。帯を解き、黒い着物を脱いで裏返しにして袖を通すと、手早く町女の姿に身なりを整え、坂道に戻ってきた。

かえでは下がって暗闇に潜《ひそ》み、女が坂をのぼりはじめたのであとを追う。

辻番の前を通り過ぎ、善國寺の門前に差しかかった女が、またもや立ち止まって振り向いた。

辻番の明かりが届く場所にいる、人の様子を探っているのだ。

かえではこの時、明かりが届かない場所にいた。女が警戒しているので、必ず見つかると思ったからだ。

程なくきびすを返した女は、坂の上に向かって歩みを進めた。

ここに来て、追っ手はいないと確信したのか、先ほどまでの背後の気配を探る様子は消え、どこにでもいる町女が夜道を帰っているふうに様変わりした。

こうなると、跡をつけるのは容易《たやす》い。

何者か突き止めるべく坂をのぼったかえでは、善國寺の門前を通り過ぎて、坂をくだった。

女は四辻《よつじ》を左に曲がったので、かえでは行き先に見当をつけた。

女が向かう先には、尾張藩の上屋敷があるのだ。

用心して辻を曲がり、月明かりに浮かぶ女の後ろ姿を追うかえでは、商家と商家のあいだの細い路地に湧き起こった気配に気づいて、はっと足を止めた。

片腕の男が目の前に歩み出たので、かえでは町女が夜道を歩む体《てい》で右へそれ、やりすごそうとしたのだが、行く手を塞がれた。

「女、誰の差し金だ」

「なんのことでしょうか。わたしは、家に帰っているだけです」

「そのような嘘《うそ》が、おれに通じると思うな」

言うなり、片腕の男は疾風《はやて》のごとく迫り、かえでが跳びすさる前に、腹の急所を狙って拳《こぶし》で突く。

かえでは両手で受け流し、身を横に転じて男の顔に肘《ひじ》打ちをくれようとしたのだが、それよりも男の動きが勝《まさ》り、後頭部を右の手刀《しゅとう》で打たれた。

なす術《すべ》もなく気を失ったかえでを受け止めた男の背後に、数人の配下が現れる。

「連れていき、口を割らせろ」

「はは」

かえでを配下の者に預けた片腕の男は、引き返してきた女を見て笑みを浮かべる。

「これで、おれの邪魔をした浪人者の正体がわかろう」

女が険しい顔をする。

「白状したら、この女、いかがなされますか」

「それは、この者たちが決めよう。好きにするがよい」

配下の男たちは、頭を下げた。

片腕の男は女の肩を抱き寄せて、細い路地に入った。

藩邸で小五郎と共にかえでの帰りを待っていた左近は、夜が白みはじめ、明るくなった外障子を見て、いきなり立ち上がった。

小五郎も立ち上がる。

そばに控えていた間部が察して、口を開く。

「小五郎殿におまかせするべきかと」

「いや、余もまいる」

「では、わたしもお供いたします」

「そなたには、使いを頼む。お琴に、今日は行けぬと伝えてくれ」

「お琴様に……。お言葉ですが、今はかえで殿を皆で捜すのが重要かと」

「かえでなら我らだけで大丈夫だ」

小五郎が言うので、間部は一瞥《いちべつ》し、左近を見た。

「まことに、お二人だけでよろしいのでございますか」

「うむ。頼んだぞ」

「はは」

左近は小五郎と外へ出ると、抜け穴に向かった。

昨夜、浪人者とやり合った場所へ行き、日光御成道と中山道《なかせんどう》の追分《おいわけ》で行《ゆ》き交《か》う旅人や町の者に交《ま》じって、商家の軒先を探っていると、小五郎が歩み寄った。

「見つけました。街道を南に向かっております」

小五郎は左近を案内し、まかれていた麦の一粒を拾ってみせた。

かえでが残した物だ。

柱の下に目立たぬようまかれている麦粒の道しるべを辿《たど》って、牛込御門前に行く。

神楽坂をのぼった左近と小五郎は、かえでが片腕の男に倒された場所に行き着いた。

　麦粒の道しるべが途絶えているのを見て、小五郎が言う。

「ここで攫《さら》われたようです」

「かえでのことだ、容易く捕まりはすまい。そうであろう」

「…………」

「手分けをして捜すぞ」

「はい」

　小五郎はうなずき、目線を下にしたまま人のあいだを縫うように歩きはじめた。地面を調べているのだ。

　一滴の血の痕《あと》も見当たらないので、ようやく小五郎も、かえでが生きていると確信したようだ。

　小五郎は左近に駆け寄って、目印を捜すと告げ、尾張の藩邸がある方角へ駆け去った。

　左近は小五郎に倣《なら》い、別の場所を捜した。

　来た道を引き返し、四辻を左に曲がってしばらく歩いたところに、散らばった麦の粒を見つけた。

落ちた粒を人の足が踏み散らしたようで、量も違うので、かえでが残した物なのか、他の者がこぼした物なのかはわからない。

半信半疑で歩みを進めていると、先ほどと同じように、踏み散らされた麦粒を見つけた。

その先にも、麦粒があった。

左近は迷わず、歩を速めた。

そして導かれたのは、御先手組の同心が暮らす組屋敷が並ぶ場所だ。

このあたりに来ると人通りも少ないので、麦粒は踏み散らされることなく、道に一筋の線を引くようになっていた。

——捕らえられて運ばれる際に、密かにまいたに違いない。

そう思った左近は歩みを進め、閉じられた一軒の木戸門を横目に通り過ぎた。

麦粒は、そこで途切れている。

豆腐の桶《おけ》を吊るした天秤棒《てんびんぼう》を担《かつ》いだ男が前から来たので、左近は路地に入り、裏に回った。粗末な板塀の内側は、物音ひとつしない。

——生きていてくれ。

こころの中で願い、朽《く》ちかけた古い木戸に手を当ててゆっくりと押す。

空き家なのか、庭は草が伸び、手入れがまったくされていない。

静かに足を踏み入れ、組屋敷の勝手口に向かっていると、草の中に見覚えのある簪《かんざし》が落ちていた。

銀の平打《ひらう》ち簪《かんざし》は、かえでが使っていた物だ。

左近は勝手口から中に入り、かび臭い土間を奥に進む。すると、表側の座敷から男の話し声がした。

閉められた襖に遮《さえぎ》られて声がくぐもっているが、左近は、はっきりと聞き取った。

「しぶとい女だ」

「痛めつけすぎだ。気を失っては、聞き出せぬ」

「どうする。目をさますまで待つのか。水をかけてやろうか」

「まあ待て。いい眺《なが》めだ、一休みしよう」

「このまま白状しなかったらどうする。始末するか」

「それは澤山《さわやま》様が決められる。とにかく今は休め」

「仕方ない。汗を拭《ふ》いてくる」

襖を開けた男が、鋭い眼差しを向ける左近に絶句した。喉元には、安綱の鋭い切っ先が向けられ、薄皮を裂いた。

「おい、どうした」

声をかけた仲間が、左近に気づいて立ち上がった。

「曲者だ！　起きろ！」

大声に飛び起きた別室の者たちが四人現れ、抜刀する。

「待て！　動くな！　おれが斬られる！」

顎に血をにじませながら叫んだ男が、左近に泣きっ面を向ける。

「斬るな。な、頼む」

目の端にかえでの姿をとらえた左近は、目の前の男から素早く離れ、かえでに刀を向けようとした男に小柄《こづか》を投げた。

胸に刺さり、呻き声をあげて下がったのを機に、男どもが左近に殺到した。

左近は猛然と前に出るや、一人目の腕を切断し、二人目の足を斬り上げ、横から斬りかかった相手の刀を打ち払い、腹を浅く突く。

激痛に呻いた男が腹を押さえて下がり、外障子を突き破って庭に落ちた。

左近は、怯《ひる》む敵に問う。

「片腕の男はどこだ」

男どもは答えない。

皆、粗末な身なりをしているが、この者どもの目つきは、金のために人を斬る者のものではない。おそらくあるじ持ちだ。

「どこの家中の者だ。申せ」

左近が迫ると、刀を正眼に構えていた男どもは、傷ついた仲間をかばう位置に回り込み、逃げるよう促《うなが》した。

男どもの背後で、負傷した者が逃げていく。

左近は逃がすまいとしたが、三人の男が隙のない構えで立ち塞がった。

「行け」

一人が言うと、二人は黙ってうなずき、きびすを返した。

残った一人が左近と対峙し、刀を右手に提《さ》げた。

左近は、前に出ると見せかけた。相手の出方を確かめるためだ。

すると、左近が動くのを待っていた相手は、ぴくりと反応し、試した左近を睨《にら》む。

その動きで、左近は相手の剣を見抜いた。

「新陰流《しんかげりゅう》か。貴様、尾張の者だな」

男の顔つきが、一層険しくなる。

「貴様は、公儀の隠密か」

「さて、な」

左近がとぼけるや、相手が低い構えに転じた。

両者のあいだの空気が一変し、死地となる。

葵一刀流の左近が、先に動いた。

新陰流は、先に動こうとする相手の剣気を見極めて隙を突き、倒すことを得意とする流派だ。

先に動いた左近の剣気を見極めた相手は、勝利を確信したに違いない。一瞬の隙を突いて攻撃に出たが、左近の剣が勝った。

攻撃に出ていた相手は、葵一刀流の剛剣に驚き、慌てて防御した。だが、打ち下ろされた安綱を受け損じて、額に血の筋が浮く。

「うっ」

短い呻き声をあげ、男は刀をにぎったまま横に倒れた。

安綱の血振《ちぶ》りをして鞘《さや》に納めた左近は、上半身を裸にされて縛《いまし》められているかえでに歩み寄り、抱き起こした。

かえでは気を失っている。背中には、棒で打たれた痣《あざ》が無数に浮いていた。

縄を解き、剝《は》ぎ取られた着物を引き寄せて身体を隠した左近は、かえでを抱き上げる。

遅れて来た小五郎が庭に現れ、厳しい顔で頭を下げた。

「申しわけございませぬ」

「よい。それより、東洋《とうよう》を藩邸に連れてまいれ」

「はは」

左近は牛込山伏町《うしごめやまぶしちょう》にくだって町駕籠を雇い、かえでを乗せてやった。

そして、駕籠かきに身分が知れるのも構わず案内し、石切橋《いしきりばし》を渡って根津の藩邸へ帰った。

奥御殿の侍女《じじょ》にかえでを預けた左近は、部屋に入り、西川《にしかわ》東洋を待った。

治療を終えた東洋が左近のもとに現れたのは、夕刻のことだ。

「やっと、目をさましましたぞ」

穏やかな顔で告げる東洋であるが、かえでの傷のことは話そうとはしない。

「ひどく打たれたようだが、骨は折れておらぬのか」

「幸いに。ただ、この先、お役目が果たせるかどうか……」

「着物を剝ぎ取られていた。こころを痛めたのか」

東洋は首を横に振る。

「かえでは忍びの者。覚悟はできておろうかと。そのうえ幸いに、辱《はずかし》めは受けてはおりませぬ。それよりも、片腕の男に負けたことが、よほど悔しいのでしょう。小五郎殿に、修行をするので甲斐《かい》の里に行かせてくれと、頼んでおりました。許してやるのが、一番の薬かと」

左近は、ほっと息を吐いた。

「ゆっくり傷を癒《い》やしてまいれと、言うておいてくれ」

東洋は笑みでうなずき、立ち上がる。

「かえでのことです、傷はひと月もあれば癒えましょう。では」

奥御殿へ引き返す東洋を見送った左近は、下座に控えている間部に言う。

「かえでが捕らえられていたのは、御先手組同心の組屋敷であったが、そこにいた者の中に、新陰流を遣う者がいた。これをどう思う」

間部は膝を転じて、訝く顔を向けた。

「尾張様は、新陰流の免許皆伝《めんきよかいでん》。家臣に遣い手がいても、なんら不思議ではありませぬ」

「やはり、そう思うか」

「くどいようですが、これ以上は関わらぬほうがよろしいかと。被らずともよい火の粉《こ》が飛んでくる気がいたします」

「うむ。だが、黒田殿だけは、守ってやりたい」

「小五郎殿の配下が見張っておりますので、ご安心ください。殿は、お琴様のところへ行かれたほうがよろしいかと」

左近は、いぶかしげな顔をした。

「縁日に行けぬと伝えてくれたのであろう」

「むろんにございます」

「ならば、もうよい。お琴は、そのようなことで怒りはせぬ」

「わたしが心配なのは、そのことではございませぬ。中屋仁右衛門の妻女が、わたしに言うたのです」

「会《お》うたのか」

「店の前で」

不服そうな間部に、左近はいやな予感がした。

「何を言われたのだ」

「甲州様ともあろうお方をみだりに町歩きさせるのは、家臣としてなっておらぬのではないか、と」

「そのようなことを、そなたに申したのか」

「はい」

左近は驚いた。同時に、百合の自信に満ちた顔が頭に浮かぶ。

間部は立ち上がった。

「殿、あのような無礼者に負けてはなりませぬ。こたびのことはご公儀におまかせして、お琴様のところへ長逗留《ながとうりゆう》なされませ」

よほど癪《しやく》に障《さわ》ったと見えて、間部は必死だ。

百合という厄介な相手に目をつけられたと思った左近は、苦笑いをした。

「その前に、かえでを見舞う。花川戸には、そのあとにまいるゆえ、そう怒るな」

左近は廊下に出て、奥御殿へ向かった。

この時左近は、間部の言うとおりに、こたびの件からは手を引くつもりになっていた。

将軍家の世継ぎをめぐって尾張家が暗躍している兆《きざ》しはあるが、御三家の一角である水戸には、名君で知られ、今は将軍家のご意見番とも言える光圀公もおられるのだから、出しゃばらないほうがいいと思ったのだ。

だが、すでに左近は、後戻りができぬところまで立ち入ってしまっていた。

かえでを助け出した組屋敷に、片腕の剣客が現れ、部屋に倒れている骸《むくろ》を見下ろしていた。

鋭い眼差しを向けられ、配下の侍が顔をうつむける。

「女を助けに来たのは、藤色の着物の男か」

「はい」

片腕の剣客は、苛立《いらだ》ちを露わにした。

「奴は何者なのだ。何ゆえ邪魔をする」

庭に気配がしたのは、その時だ。

気づいた片腕の剣客が、廊下に歩み出る。

「誰だ」

「備前守《びぜんのかみ》様の使いです」

片腕の男は、舌打ちをした。

「黒田のことなら、近いうちに必ず仕留める。澤山様には、そう伝えてくれ」

「先ほど申されていた藤色の着物の浪人者には、くれぐれもお気をつけなされ」

「おぬし、あの浪人者を知っているのか」

「先ほど、正体を突き止めましたので、教えてさしあげようと立ち寄りました」

「誰なのだ」

「甲府藩主、徳川綱豊様にござる」

片腕の男は驚いたようだが、すぐに薄い笑みを浮かべた。

「そいつはおもしろい。葵一刀流がどのようなものか、一度、剣を交《まじ》えてみたいと思うておったのだ」

「そこに倒れている者は、指折りの腕でござった。奏山《そうざん》殿といえども、油断なさると命を落としますぞ」

「心得た」

庭から男が去ると、奏山と呼ばれた片腕の剣客は、鋭い眼差しで告げる。

「綱豊の動きを見張れ」

「はは」

配下が散ると、奏山は組屋敷の外へ出て、嬉々《きき》とした目をしながら神楽坂の方角へ立ち去った。

第四話　刺客の影

一

　この日、旗本の黒田一哲は江戸城に登城していた。

　通された本丸御殿の御座《ござ》の間《ま》で顔を合わせたのは、綱吉ではなく、今や側近中の側近になっている、柳沢保明だ。

　柳沢は、御座の間に入ると黒田の前に正座し、笑みもなくあいさつを交《か》わして、探るような顔をした。

「黒田殿、秋月殿のことがござったので案じておりましたが、お変わりなくお過ごしでござるか」

「は、はい」

　黒田の一瞬の動揺を、柳沢は見逃さない。

「まことか。曲者《くせもの》に襲われて、危ない目に遭《あ》われたことはござらぬか」

黒田は、新見左近こと甲府藩主、徳川綱豊の言葉を信じて、きっぱりと答える。

「ございませぬ。いたって平穏」

探る目つきをしていた柳沢が、相好《そうごう》を崩した。

「ならば重畳《ちょうじょう》。来月からのお役目のことですが、秋月殿があのようなことになり、黒田殿には、負担が増える仕儀《しぎ》とあいなり申した。別のお方を新たに選ぶにしても、来月には間に合いませぬので、当分のあいだ、お一人でこなしていただかなくてはなりませぬ」

手のひらを返したように下手《したて》に出る柳沢に、黒田は警戒心を強めた。

「それがしに、何をしろと申されます」

「…………」

柳沢は無言で火桶《ひおけ》を引き寄せた。

中に炭の火は入っておらず、砂が敷かれているだけだ。

火箸《ひばし》を取った柳沢が、一度黒田と目を合わせて、砂に文字を書いた。

書いては消し、次の言葉を書いて、また消す。

その作業を五度ほど繰り返して伝えられた内容に、黒田が目を見張ると、柳沢は文字を消して火箸を砂に突き立て、厳しい眼差しを向ける。

「よろしいな、黒田殿」

「しばしお待ちを。今のこと、とてもそれがしのような者に、務まるとは思えませぬ」

柳沢が身を乗り出し、低い声音《こわね》で口にする。

「これは、上様のご意向にござる」

そう言われてしまえば、旗本には断れない。

黒田は、不安な顔をしながらも承諾した。

柳沢は火桶を見るよう促《うなが》し、ふたたび火箸を取って砂の上を走らせた。

幸《さち》——と、一文字だけ書き、黒田に目線を上げる。

「先方では、この者が手助けをいたします。まずは、得意とされることを武器にして、藩侯に気に入られるのが肝要《かんよう》かと。旗本の名に恥じぬお働きを、上様は期待しておられます」

「承知つかまつった」

柳沢は字を消して火桶をずらし、袱紗《ふくさ》包《づつ》みを黒田の前に置き、解いてみせた。

木箱の蓋《ふた》を取りながら言う。

「これを持っていかれるがよい」

黒田は茶碗を見て、目を見張った。

「見事な赤楽茶碗《あからくちゃわん》にございます」

「かの本阿弥光悦《ほんあみこうえつ》の一品にござる。家宝を持参したことになされよ」

「よろしいのでしょうか。薄禄《はくろく》の当家が持てる代物《しろもの》ではございませぬが」

「家宝とは、そういうものでござろう。藩侯の目にとまれば献上して、お役目を果たすための武器にされるがよい」

「ははあ」

「将軍家のために、励《はげ》まれよ」

立ち上がった柳沢は、黒田を見下ろした。

「申すまでもないが、このこと、他言は無用。よろしいか」

「承知つかまつりました」

柳沢が去ったあとも、しばらく呆然《ぼうぜん》としていた黒田は、小姓に促されて我に返り、名物の茶碗を壊さぬよう用心して包んで、城をくだった。

水道橋近くの屋敷に帰ろうとしたのだが、神田橋御門《かんだばしごもん》の堀端で足を止めた。

供をしていた中間《ちゅうげん》の二人が、どうしたのかという顔をして、立ち止まる。

黒田は腕組みをして考えた。新見左近……徳川綱豊のことだ。

登城して、尾張家での役目を伝えられた時は、綱豊に隠さず教える約束をしているが、柳沢からは口止めをされてしまった。

役目のことを伝えて、黒田には無理だと綱豊が公儀に口添えをするようなことになれば、信用が地に堕《お》ちるばかりか、何かしらの沙汰《さた》がくだされかねない。

「いや、待て」

考えをめぐらす黒田が声に出したので、二人の中間は自分たちに向けての言葉だと思ったのか、その場に片膝《かたひざ》をついて腰を下ろし、待つ姿勢を取る。

気づかぬ黒田は、中間に背を向けて考えている。

――綱豊様には、くれぐれも他言せぬよう頼み、話だけ聞いていただこう。

そう決めた黒田は、根津に向かった。

中間たちが、慌《あわ》ててあとに続く。

昌平橋に通じる通りへ入った時、背後から人が並んできた。

男は、黒田にだけ聞こえる声で伝えた。

「跡をつける者がいる。気をつけられよ」

言い終えると、先を急ぐように見せかけて追い越していった。

左近の手の者だが、半纏《はんてん》を着た後ろ姿は、誰が見ても職人としか思えない。

――跡をつける者がいるだと。

黒田は咄嗟《とっさ》に、綱豊に会いに行ってはならないと思った。

次に脳裏《のうり》に浮かんだのは、左腕がない男に襲われ、家来を二人殺された日の光景だ。

よみがえる恐怖に動揺したが、後ろを振り返ることなく、歩き続けた。

根津に行くのをやめて、昌平橋の袂《たもと》にある武家屋敷の角を川上に曲がった時、来た道をちらりと見た。

大名屋敷の通りには、侍と行商人に交《ま》じって町の男女の姿がある。どれが追っ手なのかはわからない。

ここから自宅までは、武家屋敷ばかりだ。人通りは少ないどころか、誰もいない道もある。

また襲われるかもしれないと思うと、背中に鳥肌が立つのがわかるほど恐ろしくなり、刀に手をかけ、親指で鍔《つば》を押さえた。

旗本の体裁《ていさい》を守るために供をさせている二人の中間は、あるじの動揺が伝わったのか、不安そうな顔をしている。

人気《ひとけ》がない道に入った時、黒田は焦《あせ》った。

前から、黒塗りの編笠《あみがさ》を着けた侍が二人肩を並べ、道を塞《ふさ》ぐように歩んできたのだ。

「道を変える」

そう言ってきびすを返すと、漆喰塀《しっくいべい》の角から、同じ編笠を着けた侍が二人現れた。

逃げ場を失った黒田が恐怖に目を見張り、茶碗の包みを抱いて塀に背をつける。

侍たちは鯉口《こいぐち》を切り、抜刀《ばっとう》するや、黒田に殺到した。

「ひゃあっ！」

中間が悲鳴をあげて腰を抜かす。

黒田は、これまでだと思い、目をきつく閉じた。

「うおっ」

「むうっ」

男の呻《うめ》き声がしたので目を開けると、襲ってきた侍のうち二人が、腕や足を押さえてうずくまっている。

残る二人は黒田に背を向け、刀を振り上げて相手に斬りかかった。

すると、商人の格好をした三人の男が侍の刀をかわし、一人が侍の腕をつかみ取り、背負い投げで飛ばした。

腰から地面にたたきつけられた侍が、呻き声をあげる。

商人風の男たちは、左近の手の者に違いなかった。

一人が黒田に駆け寄って立たせ、逃げろと言う。

「かたじけない」

黒田は言われるままに、中間を連れてその場を走り去った。

坂道に息を切らせて家路を急いだ黒田は、表の潜《くぐ》り門《もん》から中に入り、あとから転がり込んだ中間を見て安堵《あんど》の笑みを浮かべた。

「助かった」

「殿様、いったいあれはなんなのですか」

「わたしの命を狙う者の配下だ。危ないところだったが……他にもおるかもしれぬ」

すると、中間の二人は息を呑《の》んで顔を見合わせ、開けはなしたままの脇門に飛びついて慌てて閉めた。

「このことは、奥には言うな。心配させとうない」

汗を拭《ぬぐ》い、赤楽茶碗の包みを大事そうに抱えた黒田は、中間たちにしっかり守るよう命じて、玄関に向かった。

中間から帰宅を知らされた妻の美恵が、式台の前にいる。

「お帰りなさいませ」

「うむ」

黒田は、命を狙われたことを隠して笑顔で応じると、包みを式台に置き、腰の物を預けた。

美恵が包みに目を向ける。

「殿、こちらは何でございます」

「これか」

黒田は包みを持ち上げた。

「今日から、黒田家の家宝だ。驚くなよ、本阿弥光悦作の楽茶碗だ」

「まあ、そのような品を。いかがなされたのです」

「柳沢様から頂戴《ちようだい》した。こたびのお役目に役立てよとのことだ。ゆえに、この家に置くのは今のうちだけだ。尾張様のお目にとまれば、献上する」

美恵は、今の言葉ですべてを悟《さと》ったようだ。

哀《あわ》れみを含んだ笑みを浮かべた。

「そのような顔をするな。短いあいだだけでも、世に聞こえた本阿弥光悦の茶碗を我が屋敷に置けるのだ。拝《おが》みながら茶を点《た》てるのも、また一興《いっきょう》だ」

「ほんに」

「腹が減った。何か食わせてくれ」

「その前に、新たに召し抱えた者が待っておりますので、お会いください」

「おお、もう来たのか。さすがは叔父上《おじうえ》だ」

　黒田は表の部屋に行き、待っていた者たちと顔を合わせた。

　二人の若侍は、黒田が襲われたことを知った叔父が、密《ひそ》かに遣《つか》わしてくれたのだ。

「待っていたぞ。二人とも、剣の腕は確かだそうだな。叔父上が褒《ほ》めておったぞ」

　二人は真顔で頭を下げ、

「佐元将之介《さもとしょうのすけ》にございます」

「田川正次《たがわまさつぐ》にございます」

　順に名乗り、あいさつをした。

「将之介、正次、来月からは附家老殿の与力として、尾張藩の上屋敷に入る。忙しくなるが、よろしく頼むぞ」

「はは」

声を揃《そろ》える若侍たちに満足した黒田は、共に飯を食おうと誘い、美恵に支度を頼んだ。

応じた美恵が、廊下に声をかけた。すると、絣《かすり》の着物を着た若い女が古参の女中に伴《ともな》われて廊下に座り、緊張した様子で頭を下げた。

美恵が黒田に言う。

「今日から行儀見習いに入る者です。これ、あいさつをなさい」

美恵に言われて、若い女は頭を下げたまま言う。

「赤坂《あかさか》の丹後屋《たんごや》の娘、きぬと申します」

「うむ。励め」

「はい」

黒田は美恵に顔を向けた。

「辛《つら》いことがあったが、これで家の中が明るくなる。来月から留守がちになるが、くれぐれも頼むぞ」

美恵は笑顔でうなずいた。

「家のことはご案じなさらず、お励みください」

「うむ」

美恵は、一旦皆を部屋から下がらせると、黒田に膝を進めて近づき、声を潜《ひそ》める。

「それで、お城ではなんと申されましたか」

黒田は浮かぬ顔をして、ひとつため息をついた。

「障子を閉めてくれ」

応じた美恵が、廊下に人がいないのを確かめて、障子を閉める。

そばに座れと言った黒田が、膝を突き合わせた美恵の顔を見据《みす》えた。

「厄介《やっかい》なことになりそうだ。尾張家の動きを探れと命じられた」

美恵は驚いた。

「その顔は、わたしには無理だと言いたいようだな」

「…………」

困り顔を見て、黒田は笑う。

「心配ない。前に綱豊様がご助言くださったとおりに、無理をして探りを入れたりはせずに過ごす。尾張家に害がない者と思われれば、命を狙われることはないはずだ」

「くれぐれも、お気をつけくださいご出世などされなくてもよいのですから」

「そう言うてくれるか」

「当然です。殿が生きて戻られさえすれば、それでよいのです」

「うむ」

「では、食事の支度を調《ととの》えてまいります」

女中にまかせればよいところだが、美恵は自分の手で作った料理を食べさせてくれる。そんな妻の慎《つつ》ましさに、黒田は目を細めるのだ。

入れ替わりに、中年の男が廊下に現れた。

「磯部、もう起きてもよいのか」

磯部は、片腕の剣客の奏山に襲われて傷を負い、左近に助けられた男だ。腹が痛むらしく、顔をしかめながら黒田の前に座ると、厳しい眼差しを向けた。

「黒田家の用人たるそれがしが、このような時に寝ていることなどできませぬ。殿、お城ではなんと命じられましたか」

「難しいお役目を押しつけられたが……案ずるな、うまくやる」

「尾張家を見張れ……そう命じられたのですな」

「これ、声が大きい」

「その慌てようは、密偵をしろと言われましたのか」

「そうだ。だが、わたしは危ないことはせぬ。昼行灯《ひるあんどん》になるつもりだ」

「そのように甘いこと、ご公儀がお許しになるとは思いませぬ。役目を果たさねば」

「できぬものはできぬ」

「ご案じなさいますな。臥《ふ》せておるあいだに、こうなった時のことを考えておりましたので、策はございます」

「どうすると言うのだ」

「それは、尾張家の様子を見てから明かします。こたびの襲撃に関わっているならば、必ずや、悪事を暴《あば》いてみせまする」

磯部が急に、廊下へ顔を向けた。

「いかがした」

黒田の問いに答えることなく廊下に出た磯部は、あたりを探ったが、程なく戻ってきた。

「どうしたのだ」

「人がいた気がしましたが、違ったようです」

黒田が声を潜める。

「それは、刺客からわたしを守ってくださる方々《かたがた》の気配であろう」

「そうだとよろしいのですが……」

磯部はそう言って、険しい顔を廊下に向けた。

二

日にちが過ぎ、九月の晦日《みそか》を迎えた。

新見左近は、黒田一哲が登城したことを小五郎から知らされ、訪ねてくるのを藩邸で待っていた。

だが、晦日になっても現れないので、尾張家を探れとは命じられなかったのだと思い、安堵した。

黒田が登城した日に、何者かに雇われた浪人者に襲われたことは、小五郎から知らせを受けている。尾張藩の屋敷に入る朔日《ついたち》が近づくにつれ、さらなる襲撃を案じていた。

だが幸いに、小五郎の配下が刺客を捕らえてからは、敵も鳴りを潜めて何も起こらず、黒田の家もいたって静かだと言うので、明日の朝には配下を引きあげさせるよう、小五郎に命じている。

というのも、明日、朔日の朝になれば、黒田は公儀の迎えを待ち、数十名の行列に守られながら、市ヶ谷の尾張藩邸に入る。

与力としておもむく旗本に大仰《おおぎよう》な行列を仕立てるのは、公儀が尾張藩に目を向けているという、将軍綱吉の意思表示でもあった。

鶴姫の婿《むこ》である徳川綱教を世継ぎにしたいがために、附家老の与力という名目で旗本を送り込み、いらぬ考えを起こすなと牽制《けんせい》しているのだ。

同じく与力として尾張藩におもむく予定だった秋月金吾が暗殺されたのは、秋月が以前、御目付役をしていたので、それが警戒されてのことではないか、と、これは間部詮房の憶測だ。

左近は、そばに控える間部に言う。

「黒田殿はこの先、平穏無事に過ごせると思うか」

間部は考える顔をして、左近に膝を向けた。

「不穏《ふおん》な動きをすれば、ただちにご公儀の耳に入るという疑いが生じましょうから、黒田殿が藩邸内にいるのは、尾張藩にとって厄介なことかと。ですが、ご公儀の行列をもって藩邸に入ってしまえば、尾張藩とて、藩邸内で殺《あや》めるのは難しくなりましょう」

「うむ。余《よ》はこたびのこと、尾張の藩侯が陣頭指揮《じんとうしき》を執《と》っているとは、思うておらぬ」

間部は意外そうな顔をした。

「どなただと、お考えですか」

「あるとすれば、三代将軍家光《いえみつ》公の血筋を重んじる者ではないかと思えてならぬのだ」

「家光公のお血筋は、ご子息の当代綱吉公と、お孫の殿ということになりますが……」

「もう一人、尾張家と深い関わりがあるお方を忘れておるぞ」

間部はすぐに思い当たったらしく、目を見張った。

「まさか……千代姫《ちよひめ》様」

間部が言う人物は、尾張藩主徳川光友《みつとも》の正室で、三代将軍家光の長女だ。

左近は首を横に振る。

「千代姫様が指図をされているとは思えぬ。だが、千代姫様のお血を引く尾張家のご子息に仕《つか》える者の中には、家光公の血筋ではない紀伊の綱教殿が将軍になることを、よく思わぬ者がいるのかもしれぬ」

「確かに、殿のおっしゃるとおりかもしれませぬ。千代姫様のご子息である綱誠《つななり》殿が将軍におなりあそばせば、家臣は幕臣となることができます。その者たちからすれば、鶴姫様の婿というだけで、綱教殿が将軍に選ばれるという近頃の噂《うわさ》は、腹立たしいことでございましょう」

「よからぬことを考える者が尾張の家中にいるならば、黒田殿の存在は、厄介であろう」

「はい。言わば敵陣に送られる黒田殿は災難でしょうが……将軍家は、よき策を考えられたものです。将軍家が尾張家を睨《にら》むことで、綱教殿が次期将軍となられる噂は、真実味を増しましょう。ただ、家光公のお血筋を言うなら、殿も同じでございます。綱誠殿に仕える者の気持ちが、わかる気もいたしますが」

「間部、それを申すな」

「つい口が滑りました」

間部は恐縮した。

左近はひとつため息をついて、しみじみと言う。

「これを機に、尾張の家中が鎮《しず》まることを願う。お世継ぎが正式に決まれば、天下に波風は立つまい。黒田殿は、大役を果たすことになるな」

「まことに」

左近は、やおら立ち上がった。

「お出かけになられますか」

「うむ。昨夜話したとおりに、明日は頼む」

「おまかせを。万事整えて、お待ちしております」

「うむ」

左近が笑みでうなずくと、間部は膝を転じて見送るかたちで頭を下げ、一言発した。

「中屋の女将《おかみ》には、お気をつけくださ い」

「案ずるな」

左近は奥の部屋に下がり、いつもの藤色の着物に着替えて、お琴の店に行った。

裏から座敷に上がり、にぎやかな客の声を聞きながら横になっていると、庭におよねが入ってきた。長屋に帰っていたらしい。

左近がいたので目を丸くする。

「あら、驚いた。左近様、いらしてたんですね」

「うむ。先日、縁日に行けなかったゆえ、その穴埋めにな」

するると、およねが歩み寄り、縁側に腰かけて言う。

「ほんとですよ。おかみさんは、いつものことだと口では言っていましたけどね、やっぱり寂しそうでしたよ。それで、どちらに行かれるのです?」

「明日、山王権現《さんのうごんげん》に誘おうかと思っている」

「それはいいですね。そうだ、権現様は縁結びと夫婦円満にご利益《りやく》がありますから、今度こそ、おかみさんにお守りを買ってきてもらおうかしら。そういうわけで左近様、明日はすっぽかしはなしでお願いしますね」

「うむ」

それじゃ、と行きかけたおよねが、思い出したと言って戻ってきた。

「そういえば、煮売り屋のお二人、どうも雲行きが怪《あや》しいようですよ」

「どのように、怪しいのだ」

「かえでちゃんが出ていっちまったらしく、近頃姿を見ないんですよ。店もやってないようだし」

片腕の剣客に捕らえられたことを悔しがったかえでは、甲斐の里に行き、厳しい修行をしている最中だ。

小五郎は、黒田の警固《けいご》についていたので、店を開けられなかった。

左近は、どう言いわけをしようか考えたが、下手《へた》をするとおよねにしつこく訊《き》かれそうなので、軽く聞き流すことにした。

するとおよねが、二人にもお守りを買ってくるようお琴に頼むと言って、店に戻った。

それから一人で、何をするでもなく店が閉まるのを待っていた左近は、権八を交《まじ》えて夕餉《ゆうげ》をにぎやかにすませ、三島屋で朝を迎えた。

お琴が調えてくれた朝餉をすませて、二人で出かけた。

左近の誘いをお琴は喜んでくれ、店を二日ほど休んでの外出だ。

山王権現は、芝《しば》にある甲府藩の浜屋敷《はまやしき》からはそう遠くはない。

左近は、参詣《さんけい》したあとに浜屋敷に入り、そこで改めて、お琴に想いをぶつけるつもりなのだ。

浅草の船宿《ふなやど》で舟を雇い、芝口《しばぐち》まで行くと、そこからは歩いて山王権現に向かった。

月初めの朔日ということもあり、参詣する者は多く、境内《けいだい》はにぎわっている。

左近は人にぶつからぬようお琴を背後にかばいながら歩き、本殿に詣《もう》でた。

お琴は、およねに頼まれた夫婦円満のお守りを二つ買い、左近に笑顔で言う。

「昨夜あれほど言われたから、忘れると大変」

「そうだな」

左近も笑顔でうなずき、境内を出て門前町へ行った。

町には、人が並んでいる店がある。

左近が指差して訊く。

「あれは、何を待っているのだ」

するとお琴が、声をはずませた。

「尭泉屋《ぎようせんや》の塩大福《しおだいふく》を目当てに並んでいるのですよ」

「塩大福とな」

「はい。おいしいですよ」

「食べたことがあるのか」

「ええ、先日、百合さんにいただいた……ので」

お琴は慌てて、しまったという顔をした。

「まだ、誘われておるのか」

左近が顔を向けると、お琴は困り顔をうつむけた。

「いくらお断りしても、足を運ばれます」

「さようか、よほど見込まれたらしい。それはそれで、おれは嬉しく思う」

お琴が意外そうな顔をしたので、左近は言葉を改めた。

「勘違いするな。お琴がしてきたことが認められたというのが、嬉しいのだ。侍のおれが言うのもおかしなことだが、女が一人で商売をするには苦労が絶《た》えぬ中で、そなたは立派に生きているのだから、見上げたものだ」

嬉しそうなお琴を見て、左近は、しまったと思った。これでは、百合の味方をすることになってしまうではないか。

「お琴」

「はい」

「浜屋敷で言うつもりだったが、権現様の力を借りることにした」

左近はお琴の手を引いて、社《やしろ》に戻った。

そして、神門《しんもん》の片隅に行った。そこで足を止めて振り向くと、お琴は察したらしく、慎ましげに立ち、目を伏せた。

「お琴」

「はい」

「もう一度、おれと暮らす道を考えてくれぬか。藩邸に入ってほしいのだ」

「…………」

「商《あきな》い好きのそなただ。今のままがいいのはよくわかっている。だがおれは、そなたとの子を授《さず》かりたいのだ。共に、家を盛り立てたい」

「でも……」

「正室とは、離縁する。まだ何も知らぬ娘ゆえ、傷つくことなく里に帰ることができよう。幸い、将軍の座に就《つ》くことはなくなったゆえ、離縁を願い出ても、ご公儀に迷惑はかからぬ。正室とほとんど顔を合わせておらぬ今なら、まだ間に合うのだ」

「…………」

左近は、お琴の手をにぎった。

「お琴、おれの妻として、藩邸に入ってくれぬか」

熱い想いに応《こた》えるように、お琴は涙ぐんだ。

気持ちを伝えようとして、口を噤《つぐ》んでしまうお琴の迷いに、左近は何も言わずに待った。

お琴は、笑みを浮かべた。そして、気持ちを伝えようとした時、

「おや、お琴ちゃんじゃないの」

背後で声がしたので、二人は手を離した。

声をかけてきたのは、百合だ。

若い手代に、先に行ってなさい、と指図した百合は、様子を探る眼差しで歩み寄り、左近に頭を下げた。物腰は柔らかいが、左近に向ける目は厳しい。

「相変わらず、みだりに出歩かれているのですね」

「…………」

無礼な物言いだが、左近は笑みでかわした。

そんな左近を一瞥《いちべつ》して、お琴が口を開く。

「百合さん、そのような言い方をなさらないで」

「つい口が滑りました。お気に障《さわ》られたのなら、あやまります」

百合は左近に頭を下げた。

「よい。頭を上げてくれ」

笑みを含んだ顔を上げた百合が、親しみを込めた様子で言う。

「そうだ。お詫《わ》びに、行きつけの料理屋でおもてなしをさせていただけませんか。ちょいと名が知れた料理人が、おいしい物を食べさせてくれますので、行きましょう」

「せっかくだが、先を急ぐので断る」

「そうおっしゃらずに。お琴ちゃんのことで、じっくりお話しさせていただけませんか。料理がだめなら、お茶だけでも」

強引な百合に、左近はお琴と顔を見合わせた。

お琴は、左近の目を見て言う。

「ここでお会いしたのも、権現様のお導きでございましょう。百合さんの前で、わたしの気持ちをお伝えします」

すると百合が、表情を曇らせた。

「あら、わたしの前で左近様に気持ちを伝えるだなんて、なんだか悪い予感がするわ。何かしら」

「いいから、行きましょう」

お琴が百合の袖《そで》を引いて向きを変えさせ、左近に笑顔を向ける。

「左近様も」

「えっ？　うむ」

左近はうなずき、百合に顔を向ける。

「では、まいるといたそう」

百合は苦笑いで応じて、左近とお琴の先に立つと、門前に案内した。そこに待たせていたのは、店の者が担《かつ》ぐ商家の駕籠《かご》だ。

向かう先は、新橋《しんばし》近くの料理屋だと言った百合が、付き人に命じて町駕籠を二つ呼ぼうとしたので、左近はひとつでいいと告げて、歩いて向かった。

三

お琴と百合を乗せた駕籠は、赤坂御門を出て南にくだり、溜池《ためいけ》沿いを虎御門《とらごもん》に向かっている。

左近は、案内をする手代の後ろに続いて歩いていたのだが、肥前佐賀藩《ひぜんさがはん》の中屋敷の手前にある坂をくだっていた時、坂下の辻番の角から二人の侍が現れ、一人が坂をのぼりはじめた。

黒塗りの笠《かさ》を着け、羽織袴《はおりはかま》も黒の物で揃えた侍は、浪人者ではない。

左近はすぐに、城からの使者だとわかった。その者たちは、綱吉のそばに仕える小姓組《こしょうぐみ》が、市中に出る時の身なりをしているのだ。

案の定、近くまで来た侍は立ち止まり、左近に軽く頭を下げると坂下を示す。

左近が眼差しを向けると、辻番のところで待っている侍が頭を下げた。

異変に気づいた手代が立ち止まり、左近に振り向く。

左近は駕籠を止めて、ここで待つように言い、坂をくだった。

辻番の前で待っていた使者が、左近に歩み寄る。

「急ぎ、登城を願いまする」

「何があったのだ」

「それがしは聞かされておりませぬが、上様がお待ちです。馬を用意してございます」

左近は、片腕の剣客の策ではないかと疑う。

「ここにいることを、どうやって知った」

「怪しい者ではございませぬ。根津のお屋敷に参じたところ、浜屋敷だとのことで向かいましたら、間部殿が、山王権現におられると申されました。それで、向かっていたところでございます」

「間部は来ておらぬのか」

「ご遠慮願いました。お一人で登城を願うようにと、上様の命でございます」

一人で来いとは、よほどのことらしい。

左近は承知して、駕籠の近くに戻った。

待っていた手代が訊く。

「何かございましたか」

「すまぬが、お琴を花川戸まで送ってくれ」

「えっ」

手代は慌てた。

百合が駕籠から顔を出し、

「どうなさったのです」

と、左近に訊いた。

お琴も駕籠から顔を出し、不安そうにしている。

左近が事情を告げようと足を向けた時、

「お急ぎください」

と使者が急《せ》かす。

左近は、お琴に言う。

「戻らねばならぬ。お琴、すまぬが、店で待っていてくれ。用がすみ次第戻るゆえ、返事はその時に聞かせてくれ」

「はい」

心配そうな顔でうなずくお琴と別れて、左近は坂をくだり、用意されていた馬を馳《は》せて城へ急いだ。

駕籠から出た百合が、お琴に言う。

「これでわかったでしょ。あのお方は、わたしたち庶民が相手にできるようなお人ではないのよ。お琴ちゃんの答えより、お役目のほうが大事なんだから」

「…………」

事情を知らないお琴は、目を伏せたまま、何も言い返せなかった。

百合が続ける。

「せっかくだから、食事に行きましょう。そのあとで、見せたい物があるのでお店に寄ってちょうだい。京の店の絵図面が届いたから、お琴ちゃんの考えを聞きたいの。いいでしょ」

「はい」

「よかった。新吉、急いでちょうだい」

百合が駕籠に乗るのを待って、新吉はお琴の駕籠に歩み寄り、爽《さわ》やかな笑顔で簾《すだれ》を下ろした。

不安そうで、寂しげな顔をしたお琴のことを想いつつ馬を走らせていた左近は、使者の先導で外桜田御門《そとさくらだごもん》から曲輪内《くるわうち》に入り、西ノ丸下《にしのまるした》を駆け抜けて内桜田御門に向かい、下乗御門《げじょうごもん》前で馬から下りた。

「お召し物は、お支度部屋にご用意してございます」

使者にうなずき、本丸に上がった左近は、小姓の手を借りて身なりを整え、案内されるまま中奥《なかおく》に入った。

時刻は、七つ頃(午後四時頃)だろうか。

庭には西日が差し込み、部屋は薄暗くなっている。

そこは、左近が初めて入る部屋で、上段の間もない小さな書院の間だ。

待っていると程なくして、太刀持《たちも》ちも従えずに廊下に現れた綱吉が、下座にいる左近の前に立つと、膝が当たるほど近くに正座した。

「よう来た。待っておったぞ」

不安そうな綱吉を見るのは、左近にとって初めてのことだ。

「何かございましたか」

「鶴が……娘が毒を盛られたのだ」

「なんと！」

左近は愕然《がくぜん》とした。

「異変に気づいた乳母《うば》が、余が持たせていた毒消しを飲ませたゆえ、命に別状はない。今は具合も悪くないそうじゃ」

「それはようございました。毒を盛った者は、捕らえたのですか」

綱吉は首を横に振る。

「奥御殿の侍女が一人、姿を消しておる。娘の命を狙《ねろ》うたのは、尾張に違いない。息子がおらぬ余の血筋を絶てば、夫の綱教が将軍になることはないからな。姉上（千代姫）が動いておるのやもしれぬ」

左近の憂《うれ》いが、現実のものになろうとしている。

「まだ尾張家の仕業《しわざ》と決めつけるのは、早うございます」

「余が闇雲《やみくも》に申しておると思うな。もうひとつ、わけがある」

左近が訊く顔を向けると、綱吉は悔しそうな顔をして言う。

「尾張の動きを探らせるため、余が見込んだ旗本を附家老の与力として遣わそうとしたのだが、二人とも殺された」

思わぬことに、左近は目を見張った。

「今、二人と申されましたか」

「そうじゃ」

「秋月殿に加え、黒田殿も命を落としたのですか」

綱吉が意外そうな顔をした。

「黒田を知っておる口ぶりだな」

「はい。我が藩の屋敷の近くで刺客に襲われたところを、お助けしました」

「命を狙われただと。聞いておらぬ、いつだ」

「秋月殿が命を落とされて、間もなくのことです。家来を二人斬られておりましたので、改易《かいえき》とされるのを案じて、わたしが口止めをいたしました。申しわけございませぬ」

頭を下げる左近を見据えた綱吉の顔に怒気《どき》が浮かんだが、すぐに気を落ち着かせて、ため息をついた。

「相変わらず、市中を出歩いておるのか」

「はい。その際、黒田殿から与力のお役目のことを聞き、ふたたびの襲撃を案じて、今朝まで配下の者に屋敷を見張らせておりました」

「そうだったのか。そちは黒田の話を聞いて、どう思うたのだ。刺客に、尾張の影を見たか」

「いえ、そこまでは」

「遠慮はいらぬ。正直に申せ」

「片腕の剣客が暗躍しておりますので、気になっただけにございます」

綱吉は探る目をしたが、ふと肩の力を抜いた。

「まあよい。そういうことにしておこう」

左近が訊く。

「黒田殿は、ご公儀のお迎えにより、尾張の藩邸に向かわれたはず。ご最期は、どこで……」

「してやられたのだ。迎えの者と共に馬で市ヶ谷に向かっていた時、なんの前触れもなく苦しみだしたそうだ。落馬した時には、息絶《いきた》えていたと聞いておる。薬《くす》師《し》の見立てでは、ゆっくり溶ける毒を飲まされた疑いがあるとのことじゃ。その毒は、鶴姫に使われたのと同じ物だと聞いた時は、肝《きも》が冷えた」

「黒田殿の奥方は、無事なのですか」

綱吉は、首を横に振った。

「手の者が事情を訊こうと訪ねた時は、家中の者は皆、息絶えていたそうじゃ。

通いの中間が難を逃れていたが、その者が申すには、行儀見習いで入った若い女が姿を消しておる。いずれも女の仕業ゆえ、姉上のそばに仕える者の仕業だと、弥太郎《やたろう》（柳沢保明）は疑っておる」

「上様も、お疑いなのですか」

「半信半疑だ。それゆえ、そなたを呼んだのだ」

左近は困惑した。

「わたしに、尾張家を調べろとおっしゃいますか」

「いや、それは弥太郎が動く。そなたには、鶴姫を守るための楯《たて》となってほしい」

「楯、でございますか」

うなずいた綱吉は、いつもの厳しい顔つきをした。

「これから申すことは、余の一存ではない。水戸殿に相談し、決めたことじゃ」

水戸徳川家の当主光圀は、御三家としては尾張と紀伊には及ばぬが、綱吉の信頼を得て、幕政に大きな影響力を持っている人物だ。

その光圀に相談したと聞き、左近は身構える思いで、綱吉の言葉を待った。

すると綱吉は、左近の手を取り、懇願《こんがん》の眼差しを向ける。

「綱豊、頼む。尾張と紀伊にいらぬ争いをさせぬため、西ノ丸へ入ってくれ」

「…………」

　思わぬことに、左近は言葉を失った。

「鶴姫の命を救うには、そちが世継ぎだと、天下に知らしめるしかないのだ」

「お待ちくださ い。わたしは将軍になるつもりはございませぬ」

「わかっておる。それゆえ、頼んでおる」

「どういうことでしょうか」

「世継ぎのふりをしてくれと、頼んでおるのだ」

「ふり、でございますか」

「うむ。余はこの先、男児に恵まれなければ、鶴姫の夫である綱教を将軍にするつもりでいる。その時まで、次期将軍のふりをしてほしいのだ。余が綱教を世継ぎと定めた時は、役目を解くゆえ、身を引いてくれればよい」

「西ノ丸に、入れと」

「案ずるな。甲府の領地を召し上げたりはせぬ」

「…………」

　左近は押し黙ったまま、必死に考えをめぐらせる。

「どうじゃ、受けてくれるか」

左近は、頭の中を駆けめぐる様々な考えをまとめて、綱吉に言上《ごんじょう》した。

「綱教殿を世継ぎとお考えならば、わたしなどより、鶴姫様と綱教殿ご夫妻を西ノ丸にお入れになるほうがよろしいかと。さすれば、さらなる争いは起きますまい」

「それができぬゆえ、頼んでおるのだ」

「何ゆえできぬのですか」

綱吉は、眉尻《まゆじり》を下げた。

「母上じゃ」

「桂昌院様が、拒《こば》まれたのですか」

「そうじゃ。綱教と鶴姫を西ノ丸に入れたあと、余が男児に恵まれたらどうなる。二人を城から出さなければならなくなるゆえ、角が立とう。母上はそれを案じて、鶴姫を呼ぶことを許されぬのだ」

母を大事にする綱吉の気持ちを察して、左近は申し出を受けようかと思ったのだが、すぐに返事をすることは、どうしてもできなかった。

仮だとしても、西ノ丸に入れば、これまでのようにはいかなくなる。暇《ひま》を見つけて市中へ出ることは、難しくなるのだ。

「今しばらく、ご猶予《ゆうよ》を賜《たまわ》りたく存じます」

「これほど頼んでも、余の力になってはくれぬのか」

「お力になりとうございますが、いささか動揺しております。しばしの、ご猶予を」

「長くは待てぬぞ」

「はは」

「このことは、余と母上と、水戸殿、弥太郎の四人しか知らぬことだ。そなたの家臣に相談するにしても、信頼できる者に限ってくれ」

「肝に銘《めい》じておきまする」

「綱豊、よい返事を待っておるぞ。くどいようだが、承諾してくれた時は、天下に知らしめるために、西ノ丸に入ってもらう。余を助けてくれ。頼むぞ」

綱吉は、断ることを許さぬ口調で言い、部屋から出ていった。

一人残った左近は、己が置かれた立場に焦り、考え込んだ。

申し出を断り、万が一、鶴姫が命を落とすことになれば、綱吉の怒りは尾張に向けられるだけではすまぬ。

甲府藩二十五万石の存亡《そんぼう》に関わるのだ。

家臣とその家族を合わせれば、数千人の人生を狂わせることになる。己の肩に、目に見えぬ重みが増していく気がして、左近はその場を動くことができなかった。

すっかり日が落ちたことに気づいたのは、小姓が廊下に現れ、部屋に灯火《とうか》を入れたからだ。

——帰らねば。

左近はのろのろと立ち上がり、控えの間で着替えをして城をあとにした。


その頃、お琴は京橋の中屋にいた。

店は、日が暮れても仕入れの客があり、手代たちも生き生きと働いている。

奥の客間に通されたお琴が見せられたのは、京に構えるという店の絵図面だ。

間口はさして広くはないが、奥の長さは相当なものだ。

百合が指で示しながら言う。

「広さは、ここの店よりも少し狭いけど……京でも恥ずかしくない広さはあるのよ」

「わかります。これだと、品数も増やせますし、棚《たな》のあいだも広く取れますので、お客さんもゆったり選べますね」

目を輝かせるお琴の様子に、百合は新吉と笑みを交わした。

百合が言う。

「お琴ちゃん、この店をやってくれないかしら。うんと言ってくれれば、すぐにでも普請《ふしん》をはじめさせるから」

お琴は驚いた。

「普請って。まさか……」

「そう。手に入れた土地に、一から建てるのよ。商家が並ぶ通りで、人通りは申し分ないところなの。京女《きょうおんな》は目が肥《こ》えているけれど、お琴ちゃんなら大丈夫」

「これほどの店を、わたしが……」

お琴は絵図面を見つめた。商いをする者にとっては、願ってもない好機だが、いい返事をすることはできない。

「百合さん、せっかくですけど――」

断ろうとしたお琴を制すように、百合が言葉を被《かぶ》せた。

「返事を急がなくていいのよ。絵図面を持って帰って、じっくり考えてちょうだい」

「でも――」

百合が絵図面を押しつけた。

「お願いだから、家でゆっくり見て考えて。新吉、遅くならないうちに送ってさしあげて」

「はい」

新吉が立ち上がり、お琴を促した。

お琴は正直、迷いが生じていた。

断ろうとしたのだが、百合が背を向けてしまったので言葉が出ず、絵図面を胸に抱いて立ち上がると、頭を下げて部屋から出た。

駕籠に揺られながら、お琴は左近のことを考えていたのだが、胸に抱いている絵図面の端をにぎる手に、自然と力が入る。

お琴はこの時、思ってしまったのだ。

左近は今どこにいて、何をしているのだろう、と。

四

左近が根津の藩邸に戻った時には、夜の五つ（午後八時頃）になっていた。

門前には篝火《かがりび》が焚《た》かれ、藩士たちの姿がある。

左近に気づいた藩士たちが駆け寄り、案ずる顔で頭を下げた。

「殿、ご無事で何よりでございます」

「案じておりました」

口々に言う藩士に、左近は笑顔で応える。

「余の一人歩きは、いつものことではないか」

藩士たちを分けて前に出た間部が、険しい顔で言う。

「城からの呼び出しがございましたので、皆心配しておったのです。そのあとに、黒田殿が落命されたという知らせもございましたゆえ」

「黒田殿のことは上様から聞いた。余も驚いている」

「して、ご用の向きは」

「中で話す」

左近は皆を連れて門内に入った。

御殿の式台から上がり、自室に入ると、間部だけを残して人払いをした。

先ほどから左近の様子をうかがっていた間部が、廊下に人がいないのを確かめて、障子を閉めた。

文机《ふづくえ》の前に座った左近のそばに座り、顔を近づけて声を潜める。

「何かお悩みのご様子。城で何を言われたのですか」

「これから話すことは、余が許すまで、そなたの胸に秘めてもらいたい」

間部がうなずく。

「上様直々《じきじき》に、西ノ丸に入るよう頼まれた」

間部は目を見張り、さらに声を落とした。

「上様は、殿をお世継ぎに定められるお覚悟ですか」

「いや、そうではない。これにはわけがある。鶴姫様が毒を盛られたのだ」

間部はこわばった表情をする。

「まさか……身罷《みまか》られたのですか」

「乳母の機転で、幸い命は助かったそうだ。ご容体《ようだい》もよいようだが、上様は、次の暗殺の手を恐れておられる。余を西ノ丸に入れるのは、世継ぎを天下に知らしめて、刺客の影から鶴姫様をお守りするためだ。綱教殿が正式の世継ぎに定まるまでの、言わば飾りだ」

「綱教殿が西ノ丸に入られる時は、殿に城を去れと」

「うむ。余は将軍になる気はない。上様はそれを承知のうえで、頼られておるのだ」

「それでは、いいように使われるだけではございませぬか。まさか、承諾されたのですか」

「いや、しばしの猶予をいただいた。そなたの意見を聞きたくてな」

間部は即座に言った。

「それがしは賛同できませぬ」

「よく考えろ。断ったあとに鶴姫様が命を落とされれば、余はただではすまぬ。お家の将来に関わることだ」

「…………」

間部は膝をたたき、苛立《いらだ》ちを露《あら》わにしたが、目をつむり、長い息を吐いた。

しばしの沈黙があり、顔を上げた。いつもの冷静沈着な顔つきに戻っている。

「仮に、殿が西ノ丸に入られたといたしましょう。一度芽生《めば》えた人の欲は、そう易々《やすやす》と消えるものとは思えませぬ。殿がお世継ぎと天下に知らしめられた時、暗殺の手が、殿に向けられはせぬでしょうか」

左近はうなずく。

「それを覚悟のうえで、余は、上様のために申し入れを受けようかと考えておった」

「早まってはなりませぬ。殿が西ノ丸におわす時に鶴姫様が落命されれば、世継ぎの話がまことになるのではございませぬか」

「そのことは案じておる。だが、このままでは鶴姫様のお命が危ないのだ。知らぬ顔はできぬ」

「しばらく様子を見るべきかと存じます。ご公儀、特に柳沢殿は、この状況を黙って見てはおられぬかと。鶴姫様のお命を狙う者が誰なのか、早々に暴かれるはずです」

左近はこの時、あることを思いついた。

「余が世継ぎと思われれば、暗殺の手がこちらに向くか」

間部が、探る眼差しを向ける。

「殿、何をお考えですか」

「小五郎、おるか」

左近が声をかけると、廊下に人が座る気配がした。

「ここに」

「入れ」

「はは」

外障子が開けられ、音もなく小五郎が入り、左近に頭を下げて障子を閉めた。

近くに寄らせた左近は、静かに命じる。

「余が西ノ丸に入る噂を、尾張の藩邸に流してくれ」

小五郎は一瞬驚いたようだが、

「承知しました」

左近の命に従い、部屋から出て走り去った。

間部が訊く。

「殿、決まっておらぬことを広めてもよろしいのですか」

「案ずるな。鶴姫様のお命を狙うのが尾張家の者であれば、己からは噂を広げぬであろう。天下に広まる前に、噂の元である余を消そうとするはずだ」

間部は目を見張った。

「まさか、自ら囮《おとり》になるおつもりですか」

「刺客の背後にいる者の正体がわからぬままでは、西ノ丸に入ることが無駄になるかもしれぬ。そうであろう」

「鶴姫様のお命を狙うのが尾張家の者ではなかった時は、お世継ぎのことではないのかもしれぬと、そうお考えですか」

「そういうことだ」

「……おっしゃるとおりかと。万が一、尾張家の者だと判明いたした時は、いかがなさいますか」

左近は、目を閉じた。

「尾張家を咎《とが》めれば、幕府に牙《きば》をむくやもしれぬ。綱誠殿は家光公の外孫《そとまご》だ。譜《ふ》代《だい》大名が尾張に味方すれば、世は戦乱になる。それだけは、避けねばならぬ。余が西ノ丸に入ることで丸く収まるのなら、そうせねばなるまい」

左近の苦悩を察したのだろう、間部は何も言わず、従う意思を示すように頭を下げた。

戻ってきた小五郎が、首尾《しゅび》よく尾張藩邸内に噂を流したと告げたのは、二日後のことだった。

左近はねぎらい、様子を訊いた。

小五郎は案じる顔をした。

「噂は広まりましたが、藩の重役たちが動き、すぐに沈黙しました」

「奥御殿にも伝わったのか」

「はい」

「ご苦労だった。お琴が余を待っておる。すまぬが、しばらく行けぬと伝えてくれ」

「かしこまりました」

「およねが、仲たがいをしてかえでが出ていったと案じておったので、何か言うてくるかもしれぬぞ」

小五郎は苦笑いを浮かべる。

「なんとか、取り繕《つくろ》っておきます」

そう言って、花川戸に向かった。

左近は間部に言う。

「書類があれば、今のうちに目を通しておく」

「では、持ってまいります」

間部は退出して、重役たちを回って書類を集めて戻ったのだが、わずか四半刻《しはんとき》(約三十分)ほどのあいだに、左近は姿を消していた。

「殿、殿!」

慌てた間部は左近を捜したが、安綱がないのを見て焦った。

「このような時に一人で動かれるとは、何を考えておられるのだ」

独りごちた間部は、人を集めて藩邸から走り出た。

この時左近は、谷中の坂をくだり、不忍池のほとりを歩んでいた。

時刻は七つ（午後四時頃）、朝から降っていた雨はやんでいるが、池から流れる靄《もや》が道の先を白く染め、あたりは薄暗い。

左近は先ほどから、背後に気配を感じつつ歩んでいる。

人数は二人。

谷中のぼろ屋敷を過ぎた頃に現れ、付かず離れずここまで来た。

気配から侍と察した左近は、噂に釣られてさっそく命を取りに来たと思い、襲ってくれれば捕らえるつもりでいる。

人気《ひとけ》がないこのあたりで来るかと思いつつ歩みを進めていると、前方の靄の中に、突如《とつじょ》として殺気が湧《わ》いて出た。

人影はひとつ……いや、二つだ。

――挟まれたか。

左近は足を止めた。

それを合図に、前後の影が走る。
安綱の鯉口を切り、背後から襲いかかった敵を振り向きざまに斬る。
胴を払われた敵は、刀を捨てて腹を抱え、海老《えび》のようにうずくまって横倒しになった。
左近は目もくれず、谷中側のもう一人に迫る。
敵は走って退《しりぞ》き、間合いを空けようとしたが、左近の足が勝《まさ》る。
背中を袈裟《けさ》懸《が》けに斬り、上野側から追ってきた敵に切っ先を向け、対峙《たいじ》した。
「何者だ」
「…………」
覆面で顔を隠している二人は答えることなく、じりじりと迫った。
一人は正眼《せいがん》に構え、もう一人は正眼から八双《はっそう》に転じるや、猛然と前に出る。
だが、斬り込まない。気をぶつけて、左近が出るのを待っているのだ。
誘いに乗った左近が斬りかかると、敵は一刀をかわして、鋭く振るってきた。
肩をめがけて打ち下ろされた一撃を、左近は安綱で受け止め、押し返す。
その隙《すき》を突いて、もう一人の刺客が斬りかかった。
顔に刃風《はかぜ》を感じつつ、紙一重《かみひとえ》でかわした左近は、安綱を右手一本で振るう。

鈍《にぶ》い手ごたえがあった。

血が噴き出る首を押さえた刺客は、目を見開いたまま横向きに倒れ、そのまま動かなくなった。

残った刺客が息を吞む気配があったが、左近が安綱の切っ先を向けると、挑《いど》みかかる目をして刀をにぎりなおす。

左近が言う。

「新陰流と見た。尾張か」

「…………」

答えぬ相手に、左近は安綱の柄《つか》を転じて、峰《みね》を下向きにした。

生け捕りにする意思を示すと、刺客は、じりじりと下がりはじめる。

その者の背後に現れた人影に、左近は鋭い眼差しを向けた。

「下がれ」

命じて入れ替わったのは、片腕の剣客だ。

鞘《さや》に納《おさ》めたままの刀の柄が、風に揺れる左の袖に見え隠れしている。

片腕の剣客は、余裕の表情で左近に告げる。

「新見左近……いや、徳川綱豊殿、お命頂戴する」

「名を聞いておこう」

「奏山だ」

名乗るや、右手で抜刀し、左足を前に出して横向きになり、姿勢を低くした。

抜いた刀を右肩に置いて左近に向ける眼差しは、血に飢《う》えた、鬼気迫る光を帯《お》びている。

左近は安綱の刃《やいば》を下に返して正眼に構え、ゆるりと下段に転じた。

緊張が走り、死の間合いが生じる。と、奏山が動いた。

――速い。

左近がそう思う一瞬に、右手で振られた刀が迫る。

無意識のうちに安綱で受け、火花が散る。

両者が身を転じ、また火花が散る。

奏山は跳びすさって間合いを空けようとした。

そこに隙を見つけた左近が追い、袈裟懸けに斬り下ろした。

だが、奏山は右手のみで受け、身を横に転じて刀を振るう。

左近は跳びすさった。

だが、奏山は柄をにぎる手を滑らせる。その技は、左近に息を呑ませた。迫る切っ先が、伸びたように見えたのだ。
胸元に伸びる刃をかわしたはずだった。
しかし避けきれず、右腕に痛みが走る。
「くっ」
腕はすぐに痺《しび》れた。藤色の袖が赤く染まり、手首から血がしたたり落ちる。
左近は左手に安綱をにぎって構えたが、死を覚悟した。
奏山は刀を肩に置き、左足を出して低い構えを取る。
「お覚悟」
迫ろうとしたその時、谷中側を向いていた奏山が、舌打ちをした。
「殿！」
左近の背後で声がした。
間部の声だが、複数の家臣がいる。
奏山は唾《つば》を吐き捨てて左近を睨み、きびすを返して走り去った。
追おうとした左近を、上野山の木陰から放たれた吹き矢が襲った。
最初の物は斬り飛ばしたが、次の矢が肩に突き刺さった。
女が木陰から走り去るのが見えたのだが、急に眼が霞《かす》み、目まいに襲われた。

安綱を杖《つえ》にした左近は、片膝をつく。

「殿！」

間部が慌てて駆け寄る。

家臣たちが曲者を追おうとしたので、左近は止めた。

「追うな！　敵《かな》う相手ではない」

命令に従った家臣たちが、左近を囲んであたりを警戒する。

「殿、気をお確かに」

手を差し伸べて支える間部に、左近が虚《うつ》ろな目を向ける。

「毒矢にやられた。東洋の、ところに……」

左近の身体から突然力が抜けた。

抱きとめた間部が、愕然とする。

「殿、殿！」

五

お琴は、客がいないあいだにおよねを手伝って食器の洗い物をすませ、箱膳《はこぜん》に収めていた。

ふと、左近の食器を収めている箱に目がとまり、当分来られないと小五郎から知らされたことを思い出して、気分が沈んだ。

お琴は箱の蓋を開けて、左近の箸を手にした。

「早くおいでくださらないと、気が変わってしまいますよ」

「ええ？　なんです？」

およねに聞こえていたことに焦ったお琴は、

「なんでもないのよ」

笑顔でごまかし、箸を戻そうとして息を呑んだ。

左近の飯茶碗が、割れている。

箸を置いて、飯茶碗を手にした刹那《せつな》、えも言われぬ不安に襲われた。

お琴はいても立ってもいられなくなり、外に駆け出ると、小五郎の店へ飛び込んだ。

だが、小五郎はいなかった。

急いで出かけたのか、板場のまな板には、煮物に使う芋《いも》が下ごしらえの途中のままになっている。

割れた飯茶碗を抱いて外に出たお琴は、根津の藩邸に走ろうとしたのだが、通りを行《ゆ》き交《か》う人混みの中に分け入った時、後ろから腕をつかまれた。

左近だと思って振り向くと、そこには誰もいない。

腕をつかまれたと思ったのは、気のせいだったのだ。

左近のもとへ走ろうときびすを返したお琴の前に、小五郎が現れた。

走ってきたのか、息を切らせ、額《ひたい》に汗を浮かべている。厳しい顔は、お琴が初めて見るものだ。

「どちらに行かれます」

「左近様に、今すぐお会いしとうございます」

「なりませぬ。このまま、お待ちください」

「何か、あったのですか」

「今は申せませぬ。ですが、必ず会いに来るので、待っていてくれと、殿のお言葉です」

「ご無事なのですね」

「…………」

小五郎は目を伏せて頭を下げると、きびすを返して走り去った。

その表情に、一瞬だが悲痛なものが見えたような気がしたお琴は、呆然と立ち尽くした。

「おかみさん！　おかみさん！」

およねが呼ぶ声がしているが、お琴は割れた飯茶碗を胸に抱いたまま、小五郎が去った道をじっと見つめて動けないでいる。

お琴は震える唇《くちびる》で、声を絞《しぼ》り出した。

「左近様、必ず、迎えに来てください。必ず……」

道にしゃがみ込むお琴のことを、行き交う人々が足を止めて、心配そうに見ている。

案じたおよねが駆け寄り、お琴を囲む人々の中に分け入っていく。

雨雲は去り、人々の影が通りに長く伸びていた。

本書は２０１７年７月にコスミック・時代文庫より刊行された作品を加筆訂正したものです。

双葉文庫

さ-38-30

浪人若さま《ろうにんわか》 新見左近《にいみさこん》 決定版《けつていばん》【十三】

片腕《かたうで》の剣客《けんかく》

2023年5月13日　第1刷発行

【著者】
佐々木裕一《ささきゆういち》
©Yuuichi Sasaki 2023
【発行者】
箕浦克史
【発行所】
株式会社双葉社
〒162-8540 東京都新宿区東五軒町3番28号
［電話］03-5261-4818(営業部)　03-5261-4868(編集部)
www.futabasha.co.jp(双葉社の書籍・コミックが買えます)
【印刷所】
中央精版印刷株式会社
【製本所】
中央精版印刷株式会社

【フォーマット・デザイン】
日下潤一

落丁・乱丁の場合は送料双葉社負担でお取り替えいたします。「製作部」宛にお送りください。ただし、古書店で購入したものについてはお取り替えできません。［電話］03-5261-4822(製作部)

定価はカバーに表示してあります。本書のコピー、スキャン、デジタル化等の無断複製・転載は著作権法上での例外を除き禁じられています。本書を代行業者等の第三者に依頼してスキャンやデジタル化することは、たとえ個人や家庭内での利用でも著作権法違反です。

ISBN978-4-575-67160-5 C0193
Printed in Japan